HEYNE BÜCHER

JOACHIM ENGLER

CUMBIA

Roman

Originalausgabe

WILHELM HEYNE VERLAG
MÜNCHEN

HEYNE ALLGEMEINE REIHE
Nr. 01/7655

Printed in Germany 1988
Umschlagfoto: ZEFA/V. Englebert, Düsseldorf
Karte: design-studio Hannes Fleischer, München
Umschlaggestaltung: Atelier Ingrid Schütz, München
Satz: werksatz gmbh, Wolfersdorf
Druck und Bindung: Elsnerdruck, Berlin

ISBN 3-453-02515-6

Für meine Frau Sylvia

Vorwort

Auf einer meiner letzten Reisen durch Lateinamerika berichtete mir ein Freund eine Geschichte, die ich im ersten Moment nicht glauben konnte, so absurd erschienen mir die Zusammenhänge. Erst als ich die Einzelheiten und Hintergründe erfuhr, begriff ich, daß seine Erzählung nur ein kleiner Teil eines komplexen Problems war, in dem sich soziale, politische und wirtschaftliche Faktoren scheinbar unauflöslich miteinander verwoben.

Vor diesem Hintergrund ist die Geschichte authentisch, jedoch sind Handlungsdetails und Personen dieses Romans frei erfunden.

Karibisches Meer
Santa Marta
Barranquilla
Cartagena
PANAMA
MAGDA-
LENA
VENEZUELA
Cucuta
Bucaranga
Provinzgrenzen
Madellin
Manizales
Bogota
Ibague
Buenaventura
Cali
Palmira
VALLE DEL CAUCA
KOLUMBIEN
Neiva
Corinto
Gigante
Pazifischer
Ozean
HUILA
CAQUETA
ECUADOR
BRASILIEN
PERU
300 km

Die Tochter des Präsidenten

Alles war für die Ansprache des Präsidenten vorbereitet. Es war 20 Uhr 30 am Donnerstag, dem 6. Juni 1985. Alberto Perez, der Intendant des Senders, war hinuntergegangen, um den Präsidenten am Portal in Empfang zu nehmen.

Er stand allein vor der hell erleuchteten Eingangshalle, als er den Convoy näher kommen sah. Die Wagengruppe wurde angeführt von einem mit eingeschaltetem Blaulicht fahrenden Polizeifahrzeug. Die Perez umgebende Dunkelheit und das sich in der Ferne rhythmisch wiederholende Zucken des Blaulichts erschienen ihm in diesem Augenblick wie Vorboten des Unglücks. Perez fröstelte. Er hatte Angst und wußte nicht, warum. Langsam kamen die Wagen näher, und Enrique Calderons dunkelblauer Cadillac hielt vor dem Portal. Einer seiner Begleiter stieg eilig aus und öffnete ihm die Tür des Fonds.

Perez ging dem Präsidenten die wenigen Stufen der zur Empfangshalle führenden Treppe entgegen. Er kannte ihn seit Jahren. Eine solche Situation aber erlebte er zum erstenmal.

Calderon reichte ihm die Hand und sagte mit fester, entschlossener Stimme:

»Perez, ich danke Ihnen für Ihre schnelle Hilfe.«

»Herr Präsident, das ist doch selbstverständlich«, antwortete Perez.

»Wir können gleich ins Studio gehen, es ist alles vorbereitet.«

Gefolgt von drei Sicherheitsbeamten stiegen die beiden Männer zur gläsernen Eingangstür hinauf und ließen die Leibwächter des Präsidenten in den drei Begleitfahrzeugen zurück. Sie durchquerten eilig die Eingangshalle und erreichten über die breite Treppe der Halle den ersten Stock des Sendegebäudes. Kurze Zeit später betraten sie das Studio 4 des Senders »Radio Television Bogota 5«. Im Studio herrschte gespannte Ruhe.

Perez führte Calderon quer durch den mit Kameras, Scheinwerfern und Kabeln angefüllten, im Halbdunkel liegenden Aufnahmeraum zu einem an der linken Seite liegenden Sprechertisch. Calderon nahm hinter dem Tisch Platz. Er schien abwesend und unkonzentriert zu sein. Mit leerem Blick starrte er vor sich hin und fuhr sich mit fahrig wirkenden Bewegungen durch das Gesicht.

Calderon, ein Mann von hohem Wuchs, war der Präsident Kolumbiens seit drei Jahren. Sein Auftreten wirkte normalerweise sicher, überzeugend und vertrauenerweckend. Sein graues Haar und das leicht gebräunte Gesicht machten den Fünfundfünfzigjährigen zu einer imponierenden Erscheinung. Perez gab nun den im Regieraum Wartenden ein Zeichen, die Scheinwerfer wurden eingeschaltet und tauchten den Sprecher in weißgelbes, gleißendes Licht. Er wirkte aschfahl unter den hellen Strahlen der Scheinwerfer.

»Wir werden die Sendung unterbrechen, falls Sie mir ein Zeichen geben. Wenn auf dieser Kamera das rote Licht aufleuchtet, sind wir auf Sendung. Zuerst wird eine Sprecherin Ihre Rede kurz ankündigen«, sagte Perez und zog sich in den durch eine Glasscheibe vom Aufnahmeraum getrennten Regieraum zurück. Calderon hatte keine vorbereitete Rede mitgebracht, er saß ruhig da und blickte wie abwesend vor sich hin.

Als Perez den Präsidenten durch die Glasscheibe beobachtete, bezweifelte er, ob dies wirklich der richtige Zeitpunkt war, um eine Rede an das Volk zu halten. Aber in diesem Moment hob Calderon schon langsam seinen rechten Arm und gab ihm das verabredete Zeichen. Perez ließ das Programm unterbrechen. Die Sprecherin erschien auf den Monitoren des Regieraums.

»Meine Damen und Herren, wir unterbrechen das Abendprogramm für eine Ansprache des Präsidenten.«

Nach einer kurzen Umschaltpause erschien das rote Licht an der auf den Präsidenten gerichteten Kamera. Enrique Calderon begann:

»Liebe Mitbürger, liebe Mitbürgerinnen,

Sie werden sich fragen, warum ich mich zu einem so ungewöhnlichen Zeitpunkt mit einer Ansprache an Sie wende. Heute morgen haben Mitglieder der Gruppe LPC meine Tochter Carla entführt. Für ihre Freilassung fordern sie im Gegenzug die Freilassung von 100 inhaftierten Gesinnungsgenossen. Ich wende mich mit dieser Erklärung an Sie, damit jeder versteht, warum ich als Präsident dieses Landes einer solchen Forderung nicht nachgeben kann.

Wir sind ein Volk von 27 Millionen, und vielen von uns ist es gelungen, sich ein Leben in sozialer

Sicherheit und relativem Wohlstand aufzubauen. Leider gibt es noch Randgruppen unserer Gesellschaft, die in großer Armut leben und für die es scheinbar keinen Ausweg aus dieser Hoffnungslosigkeit gibt. Vielfach glauben gerade diese Menschen, daß wir Politiker uns keine Gedanken über ihre Probleme machen. Ich bin hier, um ihnen allen zu versichern, wir machen uns intensive Gedanken über die soziale Situation dieser Randgruppen unserer Gesellschaft. Der Weg zu einer Beseitigung dieser Schwierigkeiten ist jedoch lang. Er führt über die Entwicklung unserer Wirtschaft und die Schaffung von Arbeitsplätzen. Nur über eines müssen wir uns einig sein, mit Gewalt lassen sich unsere gemeinsamen Ziele nicht erreichen. Unser Land wird gegenwärtig von einer Terrorwelle heimgesucht; mehrere rivalisierende Terrorgruppen, die alle unterschiedliche Ziele anstreben, versuchen, den Staat in die Knie zu zwingen. Außerdem fordern die Drogenhändler den Staat heraus, und ständig sind Menschen in der Gewalt von Entführern. Ich will ehrlich sein, hätte man Geld von mir verlangt, ich hätte es bezahlt, um das Leben meiner Tochter zu retten. Ich bin jedoch der Präsident dieses Landes und bin auch gewählt worden, um ihm mehr soziale Gerechtigkeit zu bringen und seine Mitbürger vor Gewalt und Terror zu schützen. Ich darf es nicht zulassen, daß 100 gefährliche Terroristen freigelassen werden, um erneut Angst und Schrecken zu verbreiten. Ein Staat darf nicht erpreßbar sein. Die Terrorgruppen vergessen leider, daß ein Unrecht sich mit dem nächsten nicht aufheben oder rechtfertigen läßt. Unrecht ist eine absolute, keine relative Größe. Es gibt keine kleinen oder gerechten Morde. Wir haben uns ein System mit Normen und Regeln, die wir Gesetze nennen, geschaffen und uns verpflichtet, uns an diese zu halten. Wenn es dann einige gibt, die sich durch den Bruch der Gesetze bereichern, dann gebietet es das Gesetz, daß ich diesem Tun nicht durch andere, nicht-gesetzliche Maßnahmen Einhalt gebiete. Täte dies jeder – die Konsequenz wäre eine totale Anarchie in der jeder gegen jeden kämpft, und am Ende blieben die Menschen und die Menschlichkeit auf der Strecke. Es darf nicht akzeptiert werden, daß die terroristischen Gruppen, die mehr Gerechtigkeit für die Armen fordern, mordend und brandschatzend durchs Land ziehen, ganze Dörfer in Angst versetzen, um ihren politischen Forderungen Nachdruck zu verleihen.

Wir haben diesen Gruppen den Kampf erklärt, und wir werden ihn fortsetzen, wie wir den demokratischen Kampf um mehr Gerechtigkeit in unserem Lande fortsetzen werden.« Der Präsident machte eine Pause. Mit sanfter Stimme fuhr er fort: »Carla, wenn du mich jetzt hörst, wirst du dich fragen, ob ich dich je geliebt habe. Ich kann dir nur sagen, wenn ich mein Leben für dich geben könnte, ich würde es tun. Wir lieben dich über alles, aber ich darf nicht nachgeben. Du wirst mich jetzt nicht verstehen können, aber ein Staat darf nicht erpreßbar sein. Es wird einen Tag geben, an dem die Gruppe LPC ihre grausamen Taten büßt, das verspreche ich dir hier und heute.«

Nach einigen Sekunden der Besinnung erhob er sich langsam. Perez ging ihm aus dem Regieraum entgegen.

»Ihre Ansprache hat uns alle sehr betroffen gemacht«, sagte er leise. »Wir wünschten, wir könnten jetzt mehr für Sie tun.«

Der Präsident hatte seine Fassung wiedergefunden. »Danke«, sagte er mit fester Stimme, »diese Sache müssen wir jetzt hinter uns bringen, aber eines Tages werden diese Verbrecher ihren Richter finden.«

Kolumbianische Wirklichkeit: Armut, Hunger, Terror, Kriminalität

Wie alle Präsidenten der Welt es in ihren Ansprachen tun, hatte an diesem Abend auch der Präsident Kolumbiens nur einen Teil der Wahrheit gesagt. Er hatte behauptet, daß sich große Bevölkerungsschichten einen bescheidenen Wohlstand erarbeitet hätten und von Randgruppen der Bevölkerung gesprochen, denen es leider noch nicht gelungen war, dies zu erreichen. Es klang ehrlich, als er sagte, die Regierung wolle alles daransetzen, auch diesen Randgruppen zukünftig ein menschenwürdigeres Leben zu ermöglichen. Wie oft hatten sie das schon gehört, die Menschen in diesem Lande? Wie oft hatten Politiker, welcher Parteien auch immer, ihnen Versprechungen gemacht. Doch immer wieder hatten sich diese als leere Worte herausgestellt, immer wieder fühlten sie sich betrogen. Resignation hatte sich breitgemacht und fast alle Bevölkerungsschichten erfaßt.

Immer noch herrschten Armut und Hunger in weiten Schichten des Volkes.

Dreckige Slums wuchern wie Krebsgeschwüre am Stadtrand von Bogota, der Hauptstadt Kolumbiens. In Wellblechhütten ohne festen Boden, ohne Licht und Wasser, hausen große Familien in engen Räumen. Rinnsale fließen durch ihre Behausungen, wenn die wolkenbruchartigen Regenfälle auf die Stadt niedergehen. Bis zu zehn Personen leben in ein oder zwei winzigen Räumen, laufen Kilometer bis zur nächsten Wasserstelle, schleppen das Wasser in Eimern herbei, kochen auf dem offenen Feuer das Billigste, wenn es überhaupt etwas zu kochen gibt. Fleisch ist hier eine Seltenheit. Mit Glück gibt es ein Familienmitglied, das einen Job hat, bei dem der Mindestlohn von fünfzig Dollar im Monat gezahlt wird. Und das ist der bescheidene Wohlstand, von dem der Präsident gesprochen hat, fünfzig Dollar im Monat für eine oft zehnköpfige Familie.

So leicht glauben sie niemandem mehr hier am Rand der Viermillionenstadt, sie haben schon lange Hoffnung und Vertrauen verloren.

Ganz Kolumbien zittert unter einer Welle der Kriminalität. Immer schwerer lastet der Druck der Armut und des Hungers auf vielen Teilen der Bevölkerung. Wo jeder glaubt, daß es niemanden gibt, der sich für seine Rechte einsetzt, beginnt jeder, sie sich auf seine Weise zu nehmen. Morde und Raubüberfälle sind an der Tagesordnung, Entführungen von reichen Managern und Politikern zu einer einträglichen Geldquelle geworden.

Selten werden die Täter gefaßt.

Man weiß im Lande viel zu gut, daß sich sowohl bei der Polizei, als auch bei den Politikern ein Höchstmaß an Korruption breitgemacht hat. So hat sich ein auswegloser Teufelskreis gebildet, in dem ein Problem das andere auslöst und niemand packte bisher das Übel an der Wurzel.

Der Widersprüche sind zahllose in diesem Land.

Geographisch ist Kolumbien eines der schönsten Länder der Welt. Es gibt die herrlichen, warmen Küsten der Karibik bei Sante Marta und Cartagena. Es gibt tief im Süden an der Grenze zu Brasilien die Urwaldgebiete der Provinz Caqueta. Dazwischen erstrecken sich die drei großen Bergkordilleren, die das Land von West nach Ost in drei ganz unterschiedliche, auf ihre Weise faszinierende Landschaften teilen. Kolumbien ist etwa viereinhalbmal so groß wie die Bundesrepublik Deutschland, es hat verschiedene Klimazonen, in denen nahezu alles wachsen kann, was die Menschen anbauen können, und dennoch sind seine Bewohner nicht in der Lage, den Hunger zu verbannen. Genauso widersprüchlich sind die sozialen Verhältnisse. Es gibt das Elend in den Slums von Bogota und den Reichtum der wenigen.

In Kolumbien gibt es eine ganz bestimmte Art und Weise, zu dem großen Geld zu kommen: Kokain.

Es ist das Land, in dem sechzig bis siebzig Prozent des Weltkokainbedarfs produziert werden.

Das Kokain ist zu einem Wirtschaftsfaktor geworden. Die Dollarmilliarden, die das Land dadurch einnahm, daß die Kokainmafia den steigenden Bedarf der USA deckte, führten dazu, daß Kolumbien eines der wenigen lateinamerikanischen Länder war, das nicht an die Grenzen des finanziellen Ruins gelangte. Nur so war zu erklären, warum sich die Kokainproduzenten unbehelligt im Lande bewegen konnten und kaum Verfolgung befürchten mußten. Sie handelten, immer hinter vorgehaltener Hand natürlich, im Sinne des Staates, wenn auch nicht in dessen Auftrag. Die Bedeutung der durch den Kokainhandel verdienten Summen läßt sich ermessen, wenn man weiß, daß der Inlandsumsatz von Kokain in den USA auf etwa fünfzig Milliarden Dollar geschätzt wird.

Würde der Kokainhandel in die Liste der Hundert größten Industrieunternehmen der USA aufgenommen, stünde er an siebenter Stelle, zwischen dem Automobilkonzern Ford und dem Ölkonzern Gulf. Fünfundsiebzig Prozent der jährlich in Kolumbien hergestellten 90 Tonnen Kokain werden in die USA geschafft. Damit erreichen viele kleine Dealer, Kuriere und andere Helfershelfer einen bescheidenen Wohlstand. Wirklich reich sind nur die, die im Hintergrund die Fäden ziehen.

In der Öffentlichkeit ergingen sich Politiker darin, die Machenschaften der Kokainmafia anzuprangern, tatsächlich jedoch waren sie froh über jeden Dollar, der ins Land floß, weil es ja die Dollars waren, die das Land außenwirtschaftlich liquide hielten.

Der immer schwerer auf großen Teilen der Bevölkerung lastende Druck der Armut hat zu den explosionsartigen Entladungen des kriminellen Terrorismus geführt. Die Angehörigen der verschiedenen Terrorgruppen sind zutiefst davon überzeugt, daß sich in naher Zukunft an den Verhältnissen im Lande nichts ändern wird. Das ist der Grund dafür, daß sie den Staat und die bestehende Ordnung mit Waffengewalt bekämpfen. Sie glauben, daß nur durch einen radikalen Wandel des politischen Systems die Lasten gerechter verteilt werden können. Das Ziel der marxistisch-leninistischen Kampfkommandos besteht darin, ein Regime nach kubanischem oder nicaraguanischem Muster zu installieren. Der Weg dahin wird von der Ideologie des Klassenkampfes diktiert. Er führt über Mord, Einschüchterung der Bevölkerung und Terror. Daß dies genau die Methoden sind, die sie bei dem bestehenden Rechtssystem anprangern, spielt dabei keine Rolle.

Gerecht ist in den Augen aller Revolutionäre das, was ihren Zielen nützt. Wie einst in der Französischen Revolution die Adligen sollen in Kolumbiem erst die Reichen verschwinden, damit die Armen zu mehr Gerechtigkeit gelangen können. So kam es, daß die Taten derjenigen, die sich in Kolumbien für die Rechte der Armen einsetzten, auch diejenigen abschreckte, für die man sich angeblich einsetzte, – die Armen selbst.

Was waren das für Verbrechen, die da in ihrem Namen begangen wurden, fragten sie sich. Was sind das für Ziele, für die sie sich einsetzen? Was bedeutet Revolution?

Immer isolierter kämpften in den letzten Jahren die verschiedenen Terrorgruppen einen immer elitärer werdenden Kampf, dessen Ziele letztendlich nur noch sie selbst verstanden.

Der Präsident und seine Tochter waren 1985 die letzten Opfer dieses einsamen Kampfs geworden.

Auch die Gruppe LPC war in den letzten Jahren in immer stärkerem Maße isoliert worden. Das wußte auch Henry Valdez, der Führer der LPC, genau. Er wußte, daß das Volk die Ziele seiner Revolution nicht mehr verstand und die Mittel verabscheute, mit denen er sie erreichen wollte. Aber der revolutionäre Kampf mußte um jeden Preis fortgesetzt werden. Besessen von der Idee der Revolution war er vor einigen Jahren aus seiner heilen Welt ausgebrochen, um für den Umsturz zu kämpfen.

Valdez hatte der Gruppe ihre quasimilitärische Struktur gegeben. Von seinem etwa 800 km südöstlich der Hauptstadt in einem Urwaldgebiet der Provinz Caqueta gelegenen Hauptquartier aus befehligte er seine in acht Untergruppen gegliederte Organisation. Die über das ganze Land verteilten Gruppen wurden jeweils von zwei Offizieren geführt. Zusätzlich gab es noch die diesen Gruppen zugeordneten Verbindungsoffiziere.

Die starken Einzelgruppen hatten sich in den letzten Jahren auf direkt gegen den Staat gerichtete Aktivitäten konzentriert. Ihren Attentaten waren Provinzgouverneure, Staatsanwälte, Richter und eine Vielzahl hochgestellter politischer Persönlichkeiten zum Opfer gefallen. Vielfach war diesen Personen nachgesagt worden, Kontakte zur Kokainmafia und anderen kriminellen Organisationen unterhalten zu haben. So gewann Valdez' Organisation anfänglich Sympathien im Volk. Erst als die Gruppe damit begann, ihren militärischen Druck auch auf die Bevölkerung auszudehnen, ganze Provinzdörfer zu besetzen und die Bevölkerung zu indoktrinieren, verschwand Valdez' Beliebtheit. Doch er setzte seinen Kampf unbeirrt fort. »Erst wenn die Revolution Wirklichkeit geworden ist«, sagte er, »werden die Menschen begreifen, was wir ihnen gebracht haben.«

Im Camp der LPC am Abend der Ansprache des Präsidenten

Es war 23 Uhr am 6. Juni 1985, Stunden nach Calderons Ansprache. Der flackernde Schein der Öllampe warf fahles Licht in die Gesichter der zwölf wartenden Männer. Gespannte Ruhe herrschte im Raum. Keiner sprach ein Wort. Die Luft in der Hütte war feucht und stickig. Rauchschwaden waberten durch die Luft. Ausgepumpt vom langen Marsch durch das Dickicht lehnten die Männer in ihren Stühlen. Der Schweißgeruch der vielen Männerkörper mischte sich mit dem auf ihrer Kleidung verdunsteten Regenwasser und verbreitete einen widerwärtigen Gestank in der Hütte. Unheimliche Stille umgab das im Urwald stehende Haus. Die Nerven der Männer waren zum Zerreißen gespannt, als sie langsame, schlurfende Schritte näher kommen hörten. Die schwere Holztür der Hütte öffnete sich. Henry Valdez erschien im Türrahmen. Stumm schaute er finster in die Runde. Er war ein Meter neunzig groß und breitschultrig. Sein schwarzes Haar hing bis auf die Schultern, es war durchnäßt vom Regen. Die schwarze Lederjacke glänzte im trüben Schein der Öllampe. An den schwarzen Militärstiefeln klebten dunkelbraune Dreckklumpen, die sich mit dem nassen Laub vermischt hatten. Valdez war vom Marsch durch das hügelige Dikkicht erschöpft, Schweiß und Regentropfen glänzten auf seinen markanten Zügen. Er schlug die Tür mit einem kurzen, kräftigen Ruck zu.

Nur er wußte, ob ihre Aktion erfolgreich gewesen war, doch so wie er sah kein Sieger aus. Mit einer ruhigen Bewegung strich er die nassen, langen Haare aus seinem Gesicht und sagte:

»Er lehnt ab, sie kommen nicht frei.« Valdez sprach leise und ruhig, scheinbar emotionslos. Die Männer schauten ihn betroffen an. Alle wußten, sie hatten gedroht, die Tochter des Präsidenten zu töten, falls Calderon sich ihren Forderungen nicht beugen würde. Was sollte jetzt geschehen? Valdez hob den Kopf, schaute langsam in die Runde der Männer.

»Sie stirbt«, sagte er. Einige der Männer schauten betroffen zu Boden. Das war nicht das, was sie mit ihrer Tat erreichen wollten. »Ist jemand dagegen?« fragte Valdez in der Gewißheit, daß sich in der Gruppe kein Widerspruch gegen ihn erheben würde. Doch langsam erhob sich Elizario Salazar von seinem in einer Ecke des Raumes stehenden Stuhl. Salazar war Valdez' ältester Kampfgefährte und Freund aus gemeinsamen Studienzeiten in Bogota. Er war einen Kopf kleiner als Valdez, und als er dicht vor ihm stand, mußte er zu ihm hinaufschauen. Er blickte ihm direkt in die Augen. Sie kannten sich zu lange, als daß sie nicht gewußt hätten, daß jetzt der Punkt gekommen war, an dem ihre Gemeinsamkeit erschöpft war. Die Männer warteten gespannt und schweigend im Hintergrund. Es war nicht Salazars Art, Kinder zu töten. Im Kampf um mehr Gerechtigkeit mußten solche Verbrechen vermieden werden. Das war seine Meinung.

Valdez hielt Salazars Blick nicht stand und wendete

sich ab, sah schweigend zur Seite. Alle warteten auf das Ende des stummen Dialogs. Allen war klar, daß Salazar sich gegen Valdez stellen würde. Langsam drehte er sich zu ihnen um. »Nein«, sagte er laut, »habt ihr das wirklich gewollt? Jahrelang hatten wir verkündet, daß wir für das Volk kämpfen, daß unsere Rvolution ihm ein besseres Leben bringen wird. Wir haben mit Kokain handelnde Gouverneure hochgehen lassen und korrupte Richter, und jetzt wollt ihr ein neunzehnjähriges Mädchen dafür büßen lassen, daß ihr euch verkalkuliert habt? Das Volk wird ab morgen gegen uns sein, wenn wir sie umbringen.«

Totenstille herrschte in der nach Schweiß und Rauch stinkenden Hütte. Viele der aus allen Teilen des Landes gekommenen Männer waren auf Salazars Seite. Aber den größeren Einfluß, die Macht über sie hatte Valdez. Er war der einzige, den Salazar überzeugen mußte. Er sagte: »Laßt mich einen Vorschlag machen, Männer; wir werden morgen verlauten lassen, daß das Mädchen so lange gefangengehalten wird, bis der revolutionäre Kampf beendet ist. Das gibt uns die Chance, durch Verhandlungen mit dem Präsidenten doch noch etwas für unsere Leute zu erreichen. Was auch immer geschieht, wir sind dann nicht unglaubwürdig geworden, weder dem Volk noch dem Präsidenten gegenüber.«

Valdez lachte auf und erhob sich zu seiner vollen Größe: »Meine Damen und Herren, Sie haben gerade Elizarit Salazars Märchenstunde beigewohnt.« Mit seinem rechten Arm beschrieb er einen schwungvollen Bogen, wie es Conferenciers tun, die ihr Publikum begrüßen. Langsam ging er um den Tisch herum. »Ich fürchte«, sagte er, »wir haben uns falsch verstanden, Männer. Wir reden nicht über das Leben einer neunzehnjährigen Präsidententochter, sondern über den Kampf gegen ein durch und durch korruptes System. Was ist schon das Leben einer Präsidententochter gegen das Leben der vielen Menschen, die ihr Vater auf dem Gewissen hat? Die Entscheidung, die ihr jetzt zu treffen habt, kann auf einen ganz einfachen Nenner gebracht werden: Wollt ihr die Revolution oder nicht?«

Langsam ging Valdez an den Männern vorbei.

»Alberto, willst du den Kampf fortsetzen?«

»Ja, natürlich«, antwortete der Gefragte spontan.

»Enrico, willst du die Revolution?«

»Ich will sie«, sagte der Mann.

»Oscar, was ist mit dir?«

Auch er bejahte die Frage.

Valdez ging von einem zum anderen und keiner antwortete mit »Nein«. Zuletzt kehrte er von seinem Rundgang in die Mitte des Raumes zu Elizario Salazar zurück. »Elizario, die Kameraden und ich fragen dich, willst du den revolutionären Kampf fortsetzen?«

Salazar wollte sich nicht so einfach geschlagen geben. Er kannte die Tricks Henry Valdez' schon seit Jahren.

»Mit diesen Schlagworten aus der Trickkiste der Demagogie sind schon andere Demagogen an die Macht gekommen«, sagte Salazar ruhig. Valdez Miene war unbeweglich geblieben, nur die Wangenmuskeln zuckten im gelben Schein der Lampe.

»Merkt ihr denn nicht, Männer, daß ihr indoktriniert worden seid? Valdez hat euch nicht gefragt, ob ihr ein neunzehnjähriges Mädchen umbringen wollt, sondern ob ihr den revolutionären Kampf fortsetzen wollt. Er setzt das Töten eines jungen Mädchens mit dem Kampf um mehr Gerechtigkeit gleich. Wird euch das lebende Mädchen etwa davon abhalten, morgen einen Provinzgouverneur abzuknallen?«

Valdez merkte, daß Salazars logische Argumentation die Leute beeindruckte; er mußte einschreiten, um eine Spaltung der Gruppe in zwei Lager zu vermeiden.

»Halt«, unterbrach er in scharfem Ton, »was ist das für ein Gewäsch? Wollt ihr wirklich auf Elizario hören und ein für allemal für die Bevölkerung unglaubwürdig werden? Wenn ihr wollt, daß die Einheit der Gruppe erhalten bleibt, so daß wir auch in Zukunft sinnvolle Aktionen durchführen können, dann müssen wir das Mädchen opfern.« Valdez knöpfte mit einem knirschenden Geräusch seine Lederjacke auf und holte eine Packung kurzer filterloser Zigaretten heraus. Er setzte sich auf einen der vor dem Holztisch stehenden Schemel, stützte sich mit den Ellbogen auf den Tisch und rauchte.

»Was glaubt ihr, wird der Präsident machen, wenn er weiß, daß seine Tochter noch am Leben ist?« fragte er laut und in der Gewißheit, die Redeschlacht gewonnen zu haben.

»Möglicherweise wird er uns alle zum Kaffee einladen«, ergänzte er.

»Leute, laßt uns realistisch bleiben. Ich schätze Elizarios Absicht, das Leben des Mädchens zu schonen, aber machen wir uns nichts vor, wir sind schon zu weit gegangen, um noch auf ein Entgegenkommen der anderen Seite hoffen zu können.«

Oscar Cruz ergriff zur Überraschung aller plötzlich das Wort. Er war ein kleiner, dünner Mann, der Valdez und Salazar aus alten Zeiten kannte. »Laßt mich meine Meinung zu diesem Problem sagen, Genossen«, begann er mit seiner heiseren, hellen Fistelstimme. »Ihr wißt genau, daß auch ich es verabscheue, dieses Mädchen zu töten. Aber ihr wißt auch, daß Valdez recht hat. Wir müssen unsere Drohung wahrmachen, da gibt es keinen Zweifel. Ich stimme Elizario zu: Was hat das Mädchen mit der Revolution zu tun? Aber ich folge auch Valdez, der sagte, daß wir nur dann den Kampf fortsetzen können, wenn wir glaubwürdig bleiben.«

Valdez hatte sich durchgesetzt. Er ließ einen der Männer 13 Zettel in einen zerbeulten Hut legen. Einer der Zettel trug ein Kreuz. Als die Auslosung begann, herrschte Stille im Raum. Einer nach dem anderen griff tief in den Hut hinein und zog einen Zettel heraus. Sie wußten, einer bestimmte den Henker. Lucas Petersen, Alfredo Perez und Arturo Beñalon hatten ihre Zettel gezogen und danach erleichtert aufgeatmet. Alberto Gonzales war der nächste; auch er brauchte das Mädchen nicht zu erschießen. Frederico Cabeza folgte, er nahm seinen Zettel aus dem Hut. Starr vor Schrecken blickte er auf das Blatt Papier.

Der Hut hatte aufgehört zu kreisen. Alle wußten, Cabeza mußte die Tat begehen. Sie atmeten auf. An ihnen war der Kelch, einen Mord begehen zu müssen, vorübergegangen.

»Muß es schon heute sein?« fragte Cabeza.

»Sie stirbt heute nacht«, sagte Valdez langsam. Und leise setzte er hinzu: »Sofort.«

Frederico Cabeza stand auf, nahm seine Pistole aus dem über dem wackeligen Holzstuhl hängenden Lederhalfter und ging durch den dunklen Gang, um Carla Calderon zu holen. Die anderen warteten schweigend. Keiner hatte mehr den Mut, die Tat zu verhindern. Es war die Angst, von Valdez als Feigling und Verräter dargestellt zu werden, die sie zu Mittätern an einer sinnlosen Tat werden ließ.

Wenig später stand Cabeza in dem finsteren Raum, in dem sie die Geisel untergebracht hatten. Nur ein Schimmer der im Besprechungsraum flackernden Öllampe drang noch hierher. Carla fuhr erschreckt auf, als sie die dunkle Gestalt in ihr Zimmer treten sah. Sie kauerte sich dicht an die Wand, zog die Knie eng an den Körper und verschränkte die Arme.

In Cabezas Kopf drehten sich die Gedanken immer schneller im Kreis. Er dachte daran, wie alles begann, an die ersten Aktionen, die er mit der Gruppe durchgeführt hatte. Damals wußte er noch, wofür er kämpfte. Er wollte Gerechtigkeit für das Volk, und er wußte, wenn sie es nicht taten, würde nie jemand mit dem Kampf beginnen. Er erinnerte sich an den feisten Gouverneur von Cauca, der Provinz im Südwesten Bogotas, der in den Gerichten der Provinz dafür sorgte, daß derjenige recht bekam, der ihm die größte Summe bot. Ein Aufatmen ging damals durch die Bevölkerung, als er von der LPC im Namen des Volkes liquidiert wurde.

Cabeza sah, wie das blasse, schöne Mädchen ihn mit angsterfüllten Augen anblickte und von Zeit zu

Zeit den Blick auf die Pistole richtete, die er in der Hand hielt. Er setzte sich zu ihr auf das Bett. Was sollte er tun? Würde man ihn liquidieren, falls er sich weigerte, diesen Mord zu begehen? Es ist möglich, dachte er. Wenn Valdez die Gruppe im Griff behält, ist das durchaus möglich. Herrgott, betete er, hilf mir heraus aus diesem Wahnsinn. Ich will mich nicht gegen dich und unser Volk versündigen, hilf mir!

Während Frederico Cabeza neben dem Mädchen in der halben Finsternis saß, hatte Valdez die Besprechung fortgesetzt. »Wir werden Konsequenzen ziehen«, sagte er. »Wenn wir die Männer nicht auf diesem Wege frei bekommen, werden wir es auf andere Weise erreichen. Eines ist klar, wir werden unsere Kämpfer nicht dort lassen, wo sie das verhaßte System festhält. Wir haben fünfhundert Leute, die wir alle mit schweren Waffen ausrüsten werden.« Überraschtes Gemurmel war zu hören.

»... jetzt ist er größenwahnsinnig geworden«, sagte Salazar lakonisch, »da seht ihr es, Genossen; überlegt doch mal, wie wir das bezahlen sollen.«

»Ruhig Blut, Elizario, ich habe einen Plan. Wenn er nicht gelingt, gebe ich die Führung ab.«

Das hatte Valdez vorher noch nie gesagt.

»Bevor wir den bewaffneten Kampf gegen den Staat intensivieren können, müssen wir Geld zur Beschaffung modernster Waffen besorgen. Der erste Coup wird uns fünfzig Millionen Dollar einbringen.«

»Fünfzig Millionen Dollar«, wiederholten die Männer wie aus einem Munde. »Wo willst du diese Summe herbekommen?« fragte Beñalon zweifelnd.

»Laßt mich die Sache erklären«, sagte Valdez ruhig. »Wie ihr wißt, gibt es in unserem Land Leute, die mehrere Hundert Millionen Dollar im Jahr verdienen. Wir werden die Tochter von Rafael Vargas entführen.«

Die Reaktion der Männer überraschte Valdez nicht. Man lächelte ungläubig, schüttelte den Kopf. Raul Velasquez erhob sich, stellte sich hinter seinen Stuhl und stützte sich mit den Händen auf die Rücklehne: »Das kann nicht dein Ernst sein«, sagte er. »Du willst uns alle fertigmachen, du weißt wirklich nicht, was du tust!«

Salazar murmelte: »Er ist verrückt geworden.«

»Ruhe, Männer, Ruhe!« rief Valdez. »Laßt euch erklären, wie es ablaufen soll, dann können wir abstimmen.«

»Vargas, der große Rauschgiftdealer, wird uns die fünfzig Millionen Dollar bezahlen, die wir für die Befreiung unserer Leute brauchen, und damit wird die Sache für ihn erledigt sein.«

»Du meinst, er wird das einfach so auf sich beruhen lassen?« fragte Lucas Petersen, der einzige blonde Mann in der Runde, »so einfach mir nichts dir nichts blechen und Schluß, ja?«

»Fünfzig Millionen sind kein Geld für diese Leute; ich bin sicher, daß die Summe ihn nicht schmerzen wird.«

»Die Summe kaum«, sagte Salazar, »aber die Tatsache dürfte Vargas stören, daß wir es gewagt haben, uns mit ihm anzulegen, das ist sicher.«

»Niemand wird erfahren, daß wir es waren«, antwortete Valdez.

Die Männer schauten sich erstaunt an. Das war ungewöhnlich. Es war üblich, daß sich die LPC zu ihren Taten bekannte und der Öffentlichkeit jeweils einen Bekennerbrief mit der Begründung zukommen ließ, so daß jeder im Land wußte, welche Ziele sie mit ihren meist politischen Anschlägen verfolgt hatten.

»Sind wir neuerdings ganz normale Verbrecher, oder wie soll ich das verstehen?« fragte Salazar.

»Wir müssen ungewöhnliche Wege gehen, um mehr zu erreichen«, sagte Valdez.

»Warum bekommen wir das Geld nicht von Caldini?« fragte Lopez.

Caldini war einer der Geldgeber der Gruppe.

»Die Summe ist zu hoch«, sagte Valdez, der immer unwilliger wurde. »Was soll das Gewäsch? Soll das heißen, daß ihr die Tochter des Präsidenten entführt und sie erschießen laßt, weil ihr wißt, daß nichts schiefgehen kann, weil die Polizei korrupt und unfähig ist? Wenn es aber darum geht, einen wirklich großen Coup durchzuführen, kneift ihr. Ich kann das nicht glauben.«

Die Leute hingen erschöpft in den schmierigen Stühlen im feuchten Dunst der Hütte und schwiegen. Die Zerreißprobe der Nacht ging ihrem Höhepunkt entgegen, als Federico Cabeza sie aus ihrer Erschöpfung riß. Plötzlich stand er mit dem Mädchen im Raum. Alle schauten auf, als er die Geisel vor sich herschob. Niemand sagte ein Wort. Cabeza folgte dem Mädchen und öffnete die schwere Holztür. Ohne sich umzudrehen verschwanden beide in der Finsternis des Urwalds.

Minuten später fiel ein Schuß.

Im Verlauf der nächsten Stunden gelang es Valdez, die Leute von der Richtigkeit seiner Strategie zu überzeugen. Erst in den Morgenstunden, als das Kreischen der Vögel das Nahen des Tages verkündete, fiel den Männern auf, daß Frederico Cabeza nicht zurückgekehrt war. Als das erste Licht in das Urwalddickicht fiel, gingen Valdez und Codoni hinaus, um nach Cabeza und der Leiche Ausschau zu halten. Sie fanden weder das Mädchen noch ihren Kameraden.

Valdez befahl vier Männern, sofort die Verfolgung aufzunehmen. »Liquidieren, beide«, befahl er, als sie die Hütte verließen.

Niemand hatte damit gerechnet, daß es doch noch jemanden geben könnte, der das Gesetz der Gruppe mißachten würde. Alle Anwesenden wußten, mit seiner Flucht hatte Cabeza sein Todesurteil unterschrieben. Er war der erste, der den Ausbruch gewagt hatte. Ein Stein in der Mauer fehlte.

Die Entführung

Außer jener Gruppe, die die Verfolgung Cabezas aufnahm, machte sich am nächsten Tag eine zweite Gruppe auf. Arturo Beñalon, Lucas Petersen und Raul Velasquez waren die drei Männer, die sich auf den Weg durch die Nacht gemacht hatten. Tiefhängende Wolken verdunkelten den Himmel, als sie ihren alten Chevrolet am Fuß der Anhöhe, auf der das Kloster von Sta. Ana liegt, abstellten. Das Dörfchen Sta. Ana liegt etwa 500 km vom Stützpunkt der Gruppe LPC in Richtung Nordwesten, unweit des Städtchens Dolores, jenem Ort, in dessen Nähe Rafael Vargas seine Hacienda hatte.

Um keinen Verdacht zu erregen, hatten die Männer beschlossen, den Wagen in einiger Entfernung zum Kloster, aus dem sie Caterina Vargas entführen sollten, stehenzulassen und sich um 8 Uhr morgens von Diego Pachman, der den Wagen gefahren hatte, aus dem Kloster abholen zu lassen. Sie begannen den Aufstieg zum Kloster mit zwei schweren Seilen, mit deren Hilfe sie unbemerkt die Klostermauer überwinden wollten, sowie zwei Gewehren, Pistolen und Messern. Der Boden des Berghangs war tief und schlammig. Matsch und Blätter klebten bald an ihren durchweichten Schuhen und machten den Weg hinauf beschwerlich.

Arturo war ein kleiner, zerbrechlich wirkender Mann. Er trug sein Haar zu einem Pferdeschwanz gebunden, was seinen femininen Typ noch mehr betonte. Sein Äußeres täuschte, Arturo war hart und zäh. Er hatte Valdez während des Studiums in Bogota kennengelernt. Beide hatten sie Vorlesungen bei Valdez' Förderer Professor Orlandini gehört, der ihn mit revolutionären Ideen vertraut gemacht hatte und dessen ausführendes Organ Valdez geworden war. Arturo Beñalon hatte sich der von Valdez gegründeten Gruppe angeschlossen. Auch Beñalons Lebensinhalt war die Revolution geworden. Er führte die Gruppe heute bei ihrer heiklen Mission.

Raul Velasquez war ein Draufgänger, wild, ungestüm, mutig und rücksichtslos in seinen Methoden.

Er war groß, breitschultrig und scheute kein Risiko, wenn es darum ging, sein Ziel zu erreichen. Velasquez' Gesicht war rund und von Bartstoppeln übersät. Unter den buschigen Augenbrauen schauten intelligente, dunkelbraune Augen hervor. Lucas Petersen paßte mit seiner schlanken hochaufgeschossenen Gestalt nicht zu seinen beiden Begleitern. Er war der fünfundzwanzigjährige Sohn eines schwedisch-kolumbianischen Paares. Lucas' Vater war als junger Mann für eine schwedische Kaffeeimportfirma nach Kolumbien gekommen und im Land geblieben. Petersen sah seinem blonden Vater sehr ähnlich. Mit seinen ein Meter fünfundneunzig war er in diesem Land eine Sensation und der Liebling aller. Lucas war über Elizario Salazar zur LPC gekommen.

Die drei schwiegen bei ihrem Aufstieg, um Kraft zu sparen. Die Seile und Waffen lasteten mit zunehmender Marschdauer immer schwerer auf ihren Schultern. Nach etwa einer Stunde machten sie eine Pause, um noch einmal genau festzulegen, wie alles ablaufen sollte. Minutenlang standen sie mitten in der stillen, feuchten Finsternis.

»Glaubt ihr, daß er zahlt?« fragte Petersen, an seiner Zigarette ziehend.

»Das ist ein Kinderspiel für den«, antwortete Beñalon, »das zahlt er aus der Westentasche.«

»Aber was macht er dann?« fragte Petersen nachdenklich.

»Ich glaube, es hat wenig Sinn, jetzt darüber nachzudenken«, sagte Beñalon trocken.

Nach kurzer Zeit brachen die Männer auf. Schweigend setzten sie den Aufstieg fort.

Gegen drei Uhr morgens erreichten sie das von einer vier Meter hohen, weißen Mauer umgebene Kloster von Sta. Ana und gingen sofort an die Arbeit.

An der Rückseite des Klosters, wo die Kapelle direkt an die Klostermauern grenzte, begannen sie ihren Einstieg in den Klosterhof. Die Stelle war gut gewählt, denn dieser Platz lag weit entfernt vom Schlaf- und Wohngebäude der Ordensschwestern. Das mit einem vierkantigen Widerhaken versehene Seil flog durch die Dunkelheit. Der Widerhaken griff.

Petersen zog sich als erster hinauf und sprang in den finsteren Klosterhof. Wenig später folgten ihm die anderen. Geduckt schlichen sie an der Wand der Kapelle entlang und erreichten den kleinen Klostergarten, in dessen Mitte sie den Rand eines Brunnens erkennen konnten. Im Laufschritt durchquerten sie den Garten und standen kurz darauf unter dem altertümlichen Säulengang des Wohntrakts. Nichts regte sich.

Nur der schwere Atem der drei Männer war zu hören.

Die einfache Holztür des Wohngebäudes war unverschlossen. Wer rechnete schon mit einem Überfall auf ein Kloster? Die Männer befanden sich jetzt in der Halle des Wohntrakts. Nach einem kurzen Orientierungsgang wußten sie, daß hier unten nur die Aufenthaltsräume, Küche und Speisesaal waren. Die Schlafräume der Schwestern mußten demnach im ersten Stock liegen.

Sie stiegen die enge steinerne Treppe hinauf und sahen einen langen Gang mit vielen Türen vor sich. Es war klar, daß dies die Zellen sein mußten. Es war 3 Uhr morgens, als Lucas die Tür zum ersten Raum öffnete. In der durch den Mondschein leicht erhellten Finsternis sah er einen karg eingerichteten Raum. In dem Holzbett schlief eine Frau. Lucas legte seine Hand auf ihren Mund, und sofort schlug die Nonne ihre Augen auf. Sie starrte angsterfüllt in Lucas' ebenmäßiges Gesicht. Sie wollte schreien, doch er drückte ihr kräftig seine Hand auf den Mund.

»Pssst, ganz ruhig, ganz ruhig«, sagte er sanft. »Wir tun dir nichts.« Er wartete einen Moment, bis er sicher war, daß sie ihn verstanden hatte. Dann erst lockerte er allmählich den harten Griff. Er ließ die Nonne in ihrem weißen Nachthemd aus dem Bett steigen, führte die verwirrt um sich Blickende zur Tür und übergab sie den wartenden Freunden. Noch hatte die Ordensfrau kein Wort gesprochen, doch als sie den Eindringlingen folgte, fragte sie leise: »Was wollt ihr von uns, bei uns ist doch nichts zu holen.«

Während Velasquez im Speisesaal blieb, führte Beñalon jetzt eine Nonne nach der anderen in den Speisesaal. Fast kam sich Arturo, als Wächter einer Gruppe Ordensschwestern, lächerlich vor. ›Was soll's‹, dachte er, ›frei herumlaufen lassen können wir sie ja auch nicht.‹ Die Schwestern saßen wie eine Schar Pinguine auf den harten Holzbänken und sprachen kein Wort.

Es war fünf Uhr geworden, bis alle 50 Frauen versammelt waren. Lucas stellte sich vor und fragte freundlich: »Wer von euch unterrichtet die Klasse?«

»Ich«, klang es ängstlich aus dem Hintergrund.

»Hört zu«, sagte Lucas, »ich will euch kurz erklären, was hier geschehen soll, damit ihr sicher sein könnt, daß euch nichts passieren wird. Wir haben es auf den Leibwächter von Rafael Vargas Tochter abgesehen. Er hat Rauls Schwester vergewaltigt. Raul, Arturo und ich sind hier, um ihn abzuholen.« Die Männer spürten, wie die Lüge die Nonnen aufatmen ließ.

Petersen und Velasquez verließen gemeinsam mit der Ordensschwester Martha den Wohntrakt und ließen Arturo bei seinem Bewachungsjob mit den neunundvierzig Nonnen.

Inzwischen war es 6 Uhr 30 geworden. In einer halben Stunde würden die Schülerinnen kommen.

Die Glocke an der Klostertür schellte, die ersten Mädchen trafen ein. Martha ging hinüber, um ihnen zu öffnen. Die beiden Männer gingen inzwischen in einen Klassenraum. Um zwanzig Minuten nach sieben war es so weit. Martha öffnete die Tür, und ein kleines, zierliches Mädchen in einem weißen, bunt bestickten Kleidchen betrat den Klosterhof in Begleitung eines großen, kräftigen Mannes. Den beiden Wartenden war klar, daß dies die Tochter von Rafael Vargas war.

Alles spielte sich so ab, wie es die Schwester zuvor beschrieben hatte. Katharina folgte der Lehrerin ins Klassenzimmer, der athletische Bursche legte sich auf seinen Stammplatz, um seinen unterbrochenen Schlaf nachzuholen. Die Schule begann, die Männer warteten noch etwa 15 Minuten, sie wollten dem Leibwächter genügend Zeit lassen, einzuschlafen. Dann öffnete Velasquez, der die Aufgabe hatte, den Leibwächter zu erledigen, langsam die Tür zum Hof. »Sei vorsichtig«, flüsterte ihm Lucas zu, als er in den im Sonnenschein liegenden Hof schlich. Er war ihm bis auf wenige Schritte nahe gekommen. Ohne daß er registrierte, daß sich der scheinbar schlafende Mann umgedreht hatte, fühlte er plötzlich einen brennenden, stechenden Schmerz in der Bauchgegend. Mit einer blitzschnellen Bewegung hatte sich der Leibwächter herumgeworfen, und Velasquez brach röchelnd zusammen.

Petersen hatte aus dem Klassenzimmer beobachtet, was vorgegangen war. Er hatte gesehen, daß sein Freund überrascht worden war und keine Chance gegen den athletischen Mann gehabt hatte. Er fragte sich, warum er so nah an ihn herangegangen war, hatte jedoch keine Zeit, darüber nachzudenken, sondern mußte handeln. Er sah, wie der Leibwächter, sich vorsichtig umsehend, auf das Klassenzimmer zusteuerte, in der die Nonne Martha unterrichtete. Durch die Verbindungstür der beiden Klassenzimmer betrat Lucas das Unterrichtszimmer und ging an der Wand entlang auf die Eingangstür zu. Alles ging blitzschnell, der ganze Vorgang seit Velasquez' Tod hatte kaum dreißig Sekunden gedauert. Jetzt hörte Petersen die knirschenden Schritte des Leibwächters vor der Tür. Er zog seinen Dolch aus dem Halfter, riß in der gleichen Sekunde die Tür des Klassenzimmers auf und stach dem Mann den Dolch in die Brust. Die Mädchen stießen spitze Schreie aus, sprangen von ihren Plätzen. Mit weit aufgerissenen Augen brach der Angegriffene röchelnd zusammen. Die Kinder schrien, vergeblich versuchte die Nonne, sie zu beruhigen, bebte jedoch selbst vor Angst. Die Panik war total.

Petersen eilte in das Klassenzimmer zurück, schaute sich kurz um und ging auf Catarina Vargas zu.

»Catarina«, sagte er mitten in die Aufregung hinein.

»Catarina, ich soll dich abholen.«

»Nein«, schrie Martha entsetzt. Die Lehrerin hatte verstanden, worum es ging. Sie lief hinüber zu Catarina und zog sie eng an sich heran. Petersen war klar, daß er handeln mußte. In wenigen Augenblicken würde der Wagen vor dem Tor sein. Er machte einen großen Schritt auf die Nonne zu und schlug ihr seine Faust mitten ins Gesicht. Sie taumelte und fiel zu Boden.

Der lange blonde Mann nahm das schmächtige Mädchen auf die Schulter und lief quer durch den sonnenbeschienenen Klosterhof auf das geschlossene Tor zu. Als er es fast erreicht hatte, pfiff er scharf durch die Zähne, es war das Zeichen für Beñalon, der wußte, daß er seine Schar jetzt verlassen konnte.

Kaum eine Minute später stand er vor dem Tor neben Petersen und dem völlig verschüchterten Mädchen auf dessen Schulter.

»Wo ist Raul?« fragte er besorgt.

»Tot«, sagte er und nichts weiter.

Es schien eine Ewigkeit zu dauern, bis der Wagen vorgefahren war. Als sie das Geräusch des herannahenden Wagens hörten, rissen sie das Holztor auf und stellten sich mit dem Mädchen davor. Der Wagen stoppte mit knirschenden Reifen, Staub wirbelte von der trockenen Straße herauf. Sie rissen eine Tür auf, warfen das Mädchen hinein, kletterten in den Wagen und schlugen hastig die Türen zu.

»Verdammt, gib Gas«, schrie Petersen den Fahrer an, als dieser nicht sofort anfuhr.

»Was ist mit Raul?« fragte Pachman.

»Tot«, sagte Petersen, und nur noch »Vamos!«

Immer das gleiche mit den verdammt hohen Preisen für die verdammten hohen Ziele, dachte Petersen, als der Wagen in den harmlos sonnigen Morgen raste.

Rafael Vargas

Freitag, den 7. Juni 1985
Die Sonne stand gleißend hell und heiß über der Hacienda Rafael Vargas'. Von dem auf der naheliegenden Kaffeeplantage verlaufenden Arbeitstag merkte man hier vor der weißen Villa nichts. Sie war eingebettet in ein etwa dreißig Quadratmeter großes Parkgelände, umsäumt von einer weitgestreckten Rasenfläche, auf der Orchideenbüsche in den herrlichsten Farben blühten. Hochgewachsene, knorrige Bäume spendeten dem grünen, kurzgeschorenen Rasen Schatten. Die Hacienda lag nahe dem Städtchen Dolores, etwa 80 km Luftlinienentfernung zur Hauptstadt. Das große, im Stil einem mittelalterlichen Schloß ähnelnde Gebäude stand majestätisch weiß glänzend da, als wäre heute ein Tag wie jeder andere.

Die schwere Nußbaumtür war weit geöffnet und ließ die warme Luft der tierra caliente in das Haus.

Die äußerliche Ruhe, die über dem Haus lag, trog. Der Wagen, der Catarina von der Schule nach Hause brachte, war überfällig.

Vargas und seine Frau saßen in den weißen Ledersesseln seines Arbeitszimmers. Sonne durchflutete das Zimmer mit den hellgrünen Seidentapeten.

Vargas war ein großer, schlanker Mann von fünfzig Jahren. Sein ovales Gesicht und die leicht nach innen gewölbten Wangen gaben ihm einen asketischen Zug.

Ihm gegenüber saß seine elegante, gutaussehende, etwa vierzig Jahre alte Frau.

Nervös schaute sie in kurzen Abständen auf die kleine goldene Uhr an ihrem Arm.

»Sei nicht so nervös«, versuchte Vargas sie zu beruhigen.

»Es ist etwas passiert, ich spüre es«, sagte sie.

Auch er wußte, daß das Ausbleiben des Wagens kein gutes Zeichen war, doch er versuchte, seine Frau mit gespielter Gelassenheit zu beruhigen.

»Hast du schon einmal erlebt, daß sich jemand mit mir anlegen wollte?« fragte er in dem Versuch, zu scherzen. Sie lächelte gequält.

»Nein«, antwortete sie, »das habe ich noch nicht erlebt. Ich weiß nur nicht, warum du unsere Tochter von einem Leibwächter bewachen läßt, wenn nichts passieren kann.«

Vargas schwieg.

Nach einer weiteren halben Stunde sorgenvollen Wartens sahen sie den braunen Chevrolet auf das Gebäude zurollen.

Maria Vargas eilte hinaus, doch wie erstarrt blieb sie im Türrahmen stehen, als sie sah, daß ihre Tochter nicht in dem Wagen saß. Sie sah, wie die beiden ankommenden Männer ausstiegen, den Körper des leblosen Leibwächters aus dem Fonds des Wagens zogen und ihn in die Halle trugen. In diesem Moment kam ihr Mann. Er faßte sie, scheinbar ohne überrascht zu sein, bei dem Schultern und sagte:

»Geh in den Salon, ich komme sofort nach.«

Er kehrte langsam zu den beiden auf ihn wartenden Männern zurück, die jetzt von den Bediensteten des

Hauses umringt und mit erregten Fragen bedrängt wurden.

Leise, fast so, daß man ihn kaum verstehen konnte, fragte Vargas: »Was ist passiert?«

Einer der Männer berichtete, was sich nach den Erzählungen der Ordensfrauen im Kloster zugetragen hatte.

»Keine Anhaltspunkte, wer die Leute waren?« fragte Vargas kurz.

»Keine«, antworteten die beiden wie aus einem Munde. Vargas befahl einem der Männer, seinen Sohn von der Kaffeeplantage zu holen und gab dann dem Diener Carlo den Auftrag, sich um den Toten zu kümmern. Dann zog er sich in den Salon zurück, in dem seine weinende Frau auf ihn wartete und berichtete ihr, was geschehen war. Der zweiundzwanzigjährige Roberto erschien wenige Minuten später in seiner ledernen Arbeitskleidung.

»Was ist passiert?« fragte er schon während des Eintretens.

»Hör mir jetzt gut zu«, sagte Vargas energisch.

»Es wird um Geld gehen, wir werden einen Vermittler brauchen. Zieh dich um, nimm drei Leute mit und hole Armando Arroyo aus Bogota ab. Du wirst etwa 6 Stunden brauchen. Ich werde euch gegen 24 Uhr erwarten.«

»Ich fahre sofort los«, sagte Roberto eifrig und sprang auf.

»Halt«, sagte sein Vater kurz. »Hör mir gut zu. Ich will, daß du besonnen handelst und dir Zeit nimmst. Vergiß nicht, wir haben noch keine Eile. Ich will nur, daß Armando Arroyo hier ist, wenn wir ihn brauchen.«

Eine eigentümliche Aura umgibt Rafael Vargas. Es ist die Mischung aus scheinbar rechtschaffenem Bürger und zwielichtigem Drahtzieher im Kokaingeschäft, die ihn für viele Menschen interessant macht. Da sind die Politiker, die sich auf zweifache Weise mit ihm beschäftigen: Es gibt diejenigen, die ihn mit allen Mitteln bekämpfen, um ihm endlich das Handwerk zu legen. Auf der anderen Seite stehen die Politiker, die so eng mit Vargas befreundet sind, daß sie sich ihre Wahlkämpfe von seinen Kokainmillionen finanzieren lassen. In ihren Häusern sind er und seine Frau gerngesehene Gäste.

Dann gibt es Zeitungen, die ihn immer wieder im Zusammenhang mit dem Kokainhandel nennen und versuchen, Beweise gegen ihn zu finden. Aber diese Nachrichten zerplatzen wie Seifenblasen; nichts bleibt, außer vagen Behauptungen. Da sind weiterhin die sozialen Organisationen des Landes. Für sie ist Rafael Vargas fast ein Heiliger. Er ist der größte Wohltäter, der einzige, der Beträge in Millionenhöhe spendet, wenn es darauf ankommt, Bedürftigen zu helfen. Er springt dort ein, wo der Staat seine soziale Aufgabe nicht mehr erfüllt. Er ist Kaffeehändler, behauptet er; kaum einer glaubt es, aber niemand kann oder will es bestreiten.

Der Verkaufswert des von Vargas exportierten Kokains wird auf zehn Milliarden Dollar geschätzt.

Nach Abzug der Verschnittspannen und der Kosten für Kuriere sowie das umfangreiche Dealersystem in den USA verbleiben Vargas jährlich etwa fünfhundert Millionen Dollar. Die Anbaugebiete der Kokasträucher liegen nicht in Kolumbien. Die weitaus größte Menge Kokablätter, dem für die Produktion von Kokain notwendigen Rohstoff, kommt aus Peru und Bolivien. Dort wachsen die Kokasträucher an den Hängen der Anden. Die Indios pflücken die Blätter und sammeln sie an einer zentralen Stelle. Dann werden die riesigen Mengen mit kleinen Privatmaschinen über die Grenzen in das undurchdringliche Urwaldgebiet der südkolumbianischen Provinz Caqueta geflogen. Dort, in der Tranquilandia, dem ruhigen Land, stehen die chemischen Aufbereitungsanlagen der Kokainproduzenten, gut versteckt im Dickicht des Urwalds. »Warum werden diejenigen verfolgt, die das Kokain produzieren« fragte Vargas regelmäßig, wenn die Diskussion auf dies Thema kommt. »Warum denkt man nicht daran, diejenigen zu bestrafen, die das Zeug konsumieren? Wir konnten unseren Umsatz doch nur deshalb so steigern, weil der Bedarf so groß ist.«

Vargas deutet damit an, was auch die Politiker hinter vorgehaltener Hand sagen. Erst die Nachfrage in den USA konnte diesen ungeheuren Kokaboom auslösen.

Es gibt offenbar zu viele Reiche und Superreiche in den USA, die ihr Leben nicht mehr ertragen können. Kann sich ein normaler Mensch vorstellen, wie das Leben derer ist, die sich einfach alles leisten können. Der Überdruß würgt diese Menschen zu Tode.

Rausch und Sexualität sind das einzige, was sie noch reizen kann.

Kokain ist ihr Zauberwort geworden, weil es in kürzester Zeit seine halluzinatorische Wirkung voll entfaltet und die sexuelle Leistungsfähigkeit steigert.

Rafael Vargas und andere sind für sie nicht Kriminelle, sondern eine Art Heilsbringer.

So kommt es, daß Kokain als Handelsware zu politischen Auseinandersetzungen auf höchster Regierungsebene geführt hat. Die USA warf der Regierung Kolumbiens vor, zu wenig gegen den Kokainexport und die Produktion zu unternehmen. Tatsächlich lebten die Kokainproduzenten im Lande relativ unbehelligt. Dagegen wurde von seiten der kolumbianischen Regierung argumentiert, erst der hohe Verbrauch in den USA hätte diesen Produktionsboom ermöglicht.

Hierzu nimmt man auch in Kolumbien heute eine stark modifizierte Haltung ein. Ereignisse der letzten Jahre machten es notwendig, auch von seiten des kolumbianischen Staates energische und konsequente Schritte zur Bekämpfung der Drogenmafia zu unternehmen. Niemand leugnet, daß dieser Kampf auch heute noch nicht von Erfolg gekrönt wird.

Es war kurz vor 2 Uhr in der Nacht zum Sonnabend, dem 8. Juni 1985, als Robert Vargas den Wagen vor der Villa stoppte.

Wie von Geisterhand öffnete sich die Tür. Armando Arroyo und Roberto Vargas betraten das Haus. Arroyo war ein Freund von Don Rafael aus Kindertagen.

Der einzige Freund, der ihm geblieben war. Arroyo war als Rechtsanwalt in Bogota sehr erfolgreich.

Ohne zu klopfen traten sie in das Arbeitszimmer ein. Vargas kam ihm entgegen. Die beiden Männer umarmten sich herzlich. »Damit hatte keiner mehr gerechnet, was?« fragte Vargas fast ein wenig belustigt. Er sagte »Salut« und hob sein Glas. »Eigentlich sollte doch jetzt jeder wissen, was dabei herauskommen kann.«

»Nein, damit hat keiner mehr gerechnet«, sagte Arroyo ernst.

»Ich erwarte den Anruf der Entführer morgen früh. Es wird um einen Haufen Geld gehen. Carlo wird morgen vormittag dem Präsidenten der Chase Bank in Bogota einen Brief von mir übergeben. Er wird dann das Geld bis morgen abend beschaffen. Ich denke, sie werden etwa zwanzig Millionen verlangen.«

Zur Überraschung von Armando schien Vargas guter Stimmung zu sein. Er konnte sich das nicht erklären.

»Ich glaube«, fuhr Vargas fort, »hier ist ein Krieg erklärt worden. Dagegen ist im Grunde nichts einzuwenden, denn schließlich läuft es in der Politik nicht anders. Eine Nation erklärt der anderen den Krieg, um bestimmte Ziele durchzusetzen. Man muß sich nur darüber im klaren sein, daß jeder Krieg nach ganz bestimmten Regeln geführt wird. Dieser wird für uns zwei Phasen haben. Im Augenblick werden wir alles tun, was diese Leute von uns verlangen, um Catarinas Leben zu retten.«

Rafael Vargas machte eine Pause, nippte an seinem Whiskey und fuhr fort:

»Das ist also die Phase eins.« Arroyo registrierte, wie sich bei diesen Worten ein gefährlicher Unterton in Vargas' Stimme mischte, er wußte, was das zu bedeuten hatte. »Die zweite Phase werden wir ›Richtigstellungsphase‹ nennen«, fuhr Vargas fort. »Das heißt, die Dinge werden wieder in Ordnung gebracht.« Vargas machte eine kurze Pause. »Stellt euch vor, ich ließe den Leuten diese Sache durchgehen. Für die Organisation hätte das unabsehbare Folgen. Jeder kleine Gauner würde in Zukunft meinen, er könne sich bei mir selbst bedienen.«

Armando wußte, was Vargas meinte. Das Wort war zwar nicht ausgesprochen worden, aber es hieß Rache.

»Meine Familie wird einen Tag, nachdem Catarina freigelassen wird, nach Europa abreisen. Und du, Armando, wirst noch am selben Tag mit meiner Maschine nach New York gebracht.«

»Was soll dann werden?« fragte Armando besorgt.

»Ich kann dir nur so viel sagen, daß du dich dort mit einigen Leuten treffen wirst, die uns hier bei den Aufräumungsarbeiten ein wenig helfen werden.«

Der Handel

Mitten in das späte Frühstück platzte der Anruf.

Der Diener Carlo erschien sichtlich erregt im Eßsaal, und Vargas wußte sofort, wer ihn sprechen wollte. Er ging ans Telefon und nahm nach einem kurzen Moment der Konzentration den Hörer ab.

»Rafael Vargas«, sagte er.

Dann schwieg er etwa zwei Minuten mit versteinerter Miene, legte den Hörer auf und kehrte schweigend an den Tisch zurück.

Ernst sagte er: »Es geht, wie ich gesagt habe, nur um Geld; allerdings um mehr, als ich annahm.«

»Wieviel?« fragte Roberto.

»Fünfzig Millionen Dollar«, antwortete Vargas und fuhr dann fort: »Das Geld soll noch heute nacht übergeben werden. Um 22 Uhr müssen die fünfzig Millionen auf dem Altar der Salzkathedrale von Zipaquira liegen.«

»Du mußt allein fahren. Sie werden dich beobachten, eine falsche Bewegung, und du bist die längste Zeit Anwalt gewesen«, sagte Rafael Vargas und lächelte gequält.

»Willst du die Sache übernehmen, oder soll ich jemand anderen bitten?« fragte er.

»Was soll die Frage?« wehrte der Freund ab.

»Ihr müßtet gegen 14 Uhr aufbrechen und um 18 Uhr in Bogota sein. Du legst die Koffer mit dem Geld auf den Altar und verschwindest.«

Arroyo schaute zur holzgetäfelten Decke hinauf und sagte trocken: »Bin ich vielleicht James Bond?« Die Männer lachten trotz der angespannten Stimmung.

»Wird man mir Catarina sofort übergeben?« fragte Arroyo.

»Nein, sie wird erst am nächsten Tag freigelassen, wenn das Geld kontrolliert worden ist.«

»Und du willst dich auf die Zusage verlassen?« fragte Roberto.

»Ich muß wohl, schließlich sind wir doch alle Ehrenmänner, oder?«

Roberto lenkte den Chevrolet in Richtung Innenstadt. Von der Autopiste del Sur kommend, fuhren sie über die Avenida Treinta und die Calle 34 zur Carretera Septima.

Die Stadt empfing die beiden Männer mit einem Nieselregen. Im Schrittempo bewegten sich die Fahrzeuge voran. Wie fast immer herrschte auf den Hauptstraßen der riesigen Stadt ein Verkehrschaos. Roberto wußte, daß sie zu spät kommen würden. Sie erreichten die in den Abendstunden immer verstopfte Carretera Septima gegen 18 Uhr 15 und fuhren in Richtung Norden.

Hinter dem vierzigstöckigen Hilton-Hotel kam die Chase Bank in ihr Blickfeld. Roberto stoppte den Wagen vor dem heruntergelassenen Schlagbaum.

Aus dem Wächterhäuschen kam ihnen ein uniformierter Wachmann mit geschultertem Gewehr entgegen.

»Roberto Vargas?« fragte er nur.

»Ich weiß Bescheid«, antwortete der Mann, »fahren Sie bitte die Auffahrt hinauf, dann um das Gebäude herum bis zum Eingang der Tiefgarage.«

Der Wächter hob die Schranke.

Roberto Vargas stand nach etwa einer Minute vor dem im Dunkel liegenden Eingang der Tiefgarage. Wie von Geisterhand hob sich lautlos die schwere Panzertür und schloß sich lautlos hinter ihnen. Die Garage lag in gleißend hellem Licht. Von der rechten Seite näherte sich ihnen ein in einen grauen Anzug gekleideter Mann. Roberto hatte Alfredo Escoto, den Präsidenten der Bank, sofort erkannt.

»Guten Abend, Señor Vargas, guten Abend, Señor Arroyo«, begrüßte er die Ankommenden. »Es ist alles vorbereitet. Bitte folgen Sie mir.«

Er führte Armando und Roberto die von einem rotgestrichenen Stahlgeländer gesäumte Treppe hinauf zu einer Panzertür. Oberhalb der Tür lugte die Weitwinkellinse einer Beobachtungskamera aus der Wand. Über einen im Bankgebäude aufgestellten Monitor konnte auf diese Weise festgestellt werden, wer durch diesen Eingang in die Bank gelangte. Leise surrend bewegte sich die Tür den wartenden Männern entgegen. Die drei gingen hindurch und betraten einen etwa drei Quadratmeter großen Raum. Die Männer standen jetzt zwischen zwei Stahltüren. Die zweite Tür öffnete sich auf die gleiche Weise wie die erste. Sie betraten den Tresorraum. Angestrahlt von hellen Scheinwerfern lagen die grünen Geldbündel gestapelt auf einem Tisch in der Mitte des Raumes.

»Ein schöner Haufen Geld«, sagte Roberto Vargas beeindruckt.

»Lassen Sie's einpacken.«

Escoto klatschte zweimal in die Hände.

Auf das Signal hin erschienen zwei in blaue Leinenanzüge gekleidete Männer, die das Geld in zwei neben dem Tisch stehende Lederkoffer verstauten. Die Prozedur dauerte kaum zehn Minuten. Roberto und der schmächtige Direktor nahmen je einen der Koffer. Die Männer machten sich auf den Weg zurück zum Wagen und verabschiedeten sich von Escoto, der, als Roberto ihm die Hand reichte, einen Zettel aus der Tasche zog, Roberto mit der anderen Hand einen Kugelschreiber entgegenhielt und sagte: »Es wäre nett, wenn Sie mir den Empfang der fünfzig Millionen Dollar bestätigen würden.«

Lautlos hob sich das schwere Garagentor, und der Chevrolet glitt leise in die Dunkelheit. Für einen Moment verharrte Roberto an der Schranke der Ausfahrt, um zu prüfen, ob der weiße Range Rover mit den Leibwächtern bereit war, ihnen zu folgen.

Sie fuhren über die dunkle Avenida Septima, hinaus zur Autopista del Norte und bogen nach etwa einer Stunde in Richtung Zipaquira ab.

Es hatte inzwischen stark zu regnen begonnen, so daß sie nur langsam fahren konnten. Laut klatschten die Regentropfen gegen die Windschutzscheibe. Die Dunkelheit, der Regen und die Gefahr ließen in Armando Arroyo den Wunsch nach dem Ende der abenteuerlichen Mission noch stärker werden.

»Hast du Angst?« fragte Roberto seinen väterlichen Freund.

»Ja«, sagte Arroyo, machte eine kurze Pause und fuhr fort: »Ich fürchte mich vor diesem idiotisch langen, finsteren Gang, der zur Kirche führt. Am Tage sind meist Menschen dort, aber nachts?«

»Ach was«, versuchte Roberto ihn zu beruhigen, »warum sollten sie dir etwas antun?« Und scherzhaft setzte er hinzu: »Schließlich bist du ja in einer Kirche.«

Die kleine Escorte näherte sich dem kleinen, kaum beleuchteten Dörfchen Zipaquira. Der Ort liegt etwa fünfzig Kilometer von der Hauptstadt entfernt.

Auf einer dichtbewaldeten Anhöhe oberhalb des Dorfes stoppten die Wagen. Von hier aus sollte Arroyo allein weiterfahren.

Die beiden Männer verabschiedeten sich kurz und herzlich voneinander. Immer noch platschte der Regen auf das Dach des Wagens. Roberto stieg aus und rannte durch die Dunkelheit zu dem hinter dem Chevrolet parkenden Range Rover. Er stieg zu den drei anderen in den Wagen. Sie beobachteten, wie Arroyo den Wagen langsam anfuhr und ihn durch die engen, dichtbewachsenen Kurven die Anhöhe hinunterlenkte. Um zur Salzkathedrale hinaufzukommen, mußte er den Ort durchqueren.

In einigen dunklen Hauseingängen bemerkte er im Vorbeifahren Gestalten, die sich neugierig nach dem auffälligen Wagen umsahen. Arroyo wußte, daß sie sich über diesen außergewöhnlichen Besuch wunderten. Vorsichtig lenkte er den Wagen um jede Kurve. Er fühlte sich sehr allein – und doch wußte er, daß er nicht allein war. ›Der Platz ist gut gewählt‹, dachte er und vermutete, daß ihn die Entführer bereits genau im Blickfeld hatten. Der Angstschweiß brach ihm aus, seine Hände zitterten.

Um in die Kathedrale zu gelangen, mußte er einen dreihundert Meter langen, nur spärlich beleuchteten Tunnel hinter sich lassen. Er ist der Eingang zur dahintergelegenen Kathedrale. Nach einigen Minuten nahm er eine kleine Taschenlampe aus dem Handschuhfach und stieg aus. Bei strömendem Regen holte er die beiden Koffer aus dem Kofferraum, klemmte die brennende Taschenlampe umständlich zwischen zwei Finger der rechten Hand, um wenigstens ein wenig Licht auf dem unheimlichen, langen Weg durch den Tunnel zu haben. ›Ich muß es hinter mich bringen‹, dachte er und ging hinein.

Langsam und zögernd setzte er einen Fuß vor den anderen. Der Schein seiner Taschenlampe ließ nur einen Blick auf die quer auf dem schwarzen Salzboden verlaufenden Bohlen zu. Der Boden des etwa 4 Meter breiten und zwei Meter dreißig hohen Tunnels war mit Schmutz und Geröll übersät.

Seine Schritte hallten wider, und von Zeit zu Zeit hörte er eine aufgeschreckte Ratte davonlaufen. Die Minuten verstrichen, es geschah nichts Außergewöhnliches. Er gewöhnte sich an die ihn umgebende Dunkelheit und erreichte den Eingang zur Kathedrale nach etwa 10 Minuten. Er war nicht zum erstenmal hier, aber wieder war er überwältigt von der Großartigkeit dieser ungewöhnlichen Kirche, deren aus schwarzem Salz bestehenden Wände, Decken und Galerien im Schein der brennenden Kerzen glitzerten. Die Kathedrale ist 120 Meter lang und 23 Meter hoch. Das Gewölbe wird von 14 Säulen getragen, die aus Salz sind, wie auch der mehrere Tonnen schwere Altar. Arroyo durchquerte das Kirchenschiff mit hastigen Schritten. Er eilte die fünf Stufen zum Altar hinauf, stellte die beiden Lederkoffer ab und lief wieder auf den Tunneleingang zu. Er schaltete die Taschenlampe wieder ein und war froh, dem Ende der Mission nahe zu sein. Er hatte die Hälfte des Weges fast hinter sich gebracht, als aus der Dunkelheit plötzlich jemand laut rief: »Stehenbleiben!!«

Arroyo spürte, wie sein Atem rasselte, sein Puls raste. Wie versteinert blieb er stehen. Er fühlte sich rettungslos ausgeliefert.

»Gut«, fuhr die dunkle Stimme aus dem Hintergrund fort, »gehen wir davon aus, daß in den Koffern genau fünfzig Millionen Dollar sind. Du kannst deinem Herrn berichten, daß seine Tochter morgen irgendwo freigelassen wird, wenn die Summe stimmt. Du kannst ihm dann noch ausrichten, daß wir uns für die faire Zusammenarbeit bedanken. Und nun verschwinde!«

Arroyo atmete auf. So schnell er konnte, eilte er dem Ausgang entgegen und lief hinüber zu seinem Wagen. Er stieg ein und fuhr davon.

Nachdem Arroyo, wie besprochen, mit Roberto zusammengetroffen war, fuhren sie nach Süden, der Hacienda entgegen. Sie erreichten Dolores gegen drei Uhr morgens. Die beiden Männer gingen ins Haus, durchquerten die Halle und traten in Rafael Vargas' Arbeitszimmer ein. Sie berichteten kurz und präzise, wie sich die Übergabe des Lösegeldes abgespielt hatte.

»Gut«, sagte Vargas gelassen, »wir gehen also davon aus, daß Catarina morgen wieder bei uns sein wird. Ich möchte euch beiden dafür danken, daß alles so gut geklappt hat.« Er stand auf und ging zu seinem Sohn hinüber. Er legte ihm die Hand auf die Schultern.

»Komm, ich muß dich sprechen.«

Roberto stand auf und folgte seinem Vater in die Halle. Vor der Tür blieben sie stehen.

»Ich habe jetzt mit Armando ein paar Dinge zu besprechen; ich möchte nicht, daß du dabei bist«, sagte Vargas. »Ich will, daß du dich ab morgen um eure Abreise kümmerst. Du übernimmst die Verantwortung für die Familie. Ich muß für den Fortbestand der Organisation sorgen.« Roberto schaute seinen Vater an, als könnte er nicht begreifen, daß er von dem, was jetzt kommen sollte, ausgeschlossen bleiben sollte, aber er wußte, daß es jetzt keinen Sinn hatte, zu widersprechen.

»Kümmere dich darum, daß Carlo uns ein gutes Frühstück serviert.« Rafael Vargas legte seinem Sohn die Hand auf die Schulter und sagte lächelnd: »Du hast deine Sache gut gemacht, aber was jetzt kommt, überlasse mir, das nächste Mal bist ohnehin du dran!« Sein Sohn war nicht einverstanden, aber das hatte Vargas auch nicht erwartet.

Als Rafael allein in das Zimmer zurückkam, wußte Arroyo auch so, worüber sie gesprochen hatten.

»Ich bin dir besonders dankbar, daß du die Sache für mich erledigt hast«, begann Rafael das Gespräch wieder. »Ich bin doch umringt von gekauften Leuten, und Gekauften kannst du nun einmal nicht trauen. Echte Loyalität ist für Geld nicht zu haben.«

»Gut und schön«, fuhr Vargas fort, »ich verdiene

mein Geld auch nicht nur durch den Handel mit Kaffee. Da dies nun einmal so ist, muß ich jetzt entscheiden, erpreßbar zu bleiben und damit Gefahr zu laufen, schon morgen das Opfer der nächsten Aktion irgendeines kleinen Banditen zu werden, oder aber ich entschließe mich, den Leuten ein Zeichen zu geben und klar zu dokumentieren, wer ich bin. Ich habe mich für die letzte Lösung entschieden.«

Arroyo wußte, daß es in einem solchen Moment keinen Sinn hatte, Rafael in seinem Redefluß zu unterbrechen und schwieg.

»Dieser jetzt beginnende Krieg wird nicht von meinen Leuten geführt werden. Es werden auch keine Kolumbianer sein, denn es würde sofort herauskommen, wer hinter den Aktivitäten steckt. Die Verbindungen der Leute im Lande wären zu intensiv. Nein, es werden 10 Spezialisten aus den USA diesen Job übernehmen.«

»Wo willst du die herbekommen?« fiel ihm Arroyo jetzt ins Wort.

»Du wirst mir dabei helfen.«

»Soll ich etwa die Leute für dich aussuchen, oder wie soll das gehen?«

»Ganz so schlimm wird es nicht. Du kennst doch Franco Vespucci, den Attaché in der kolumbianischen Botschaft in Washington. Er steht auf meiner Gehaltsliste. Du verstehst, was ich meine.«

»Allerdings verstehe ich das. Er ist Diplomat und dein Kurier.«

»Genau«, sagte Vargas gelassen. »Ich habe gestern abend aus Melgar mit ihm telefoniert, er wird uns für die Auswahl der Leute einen Spezialisten beschaffen. Diesen Mann triffst du morgen abend in New York.«

»Also, wann ist der Abflug?«

»Um 10 Uhr. Du triffst den Mann um 20 Uhr im Restaurant des Hyatt Hotels. Er wird eine Flasche ›Jack Daniels‹ vor sich auf dem Tisch stehen haben. Du gehst auf ihn zu und sagst: ›Still going strong?‹, und er antwortet: ›Der Spruch ist gut, aber ich mag keinen Johnny Walker, ich trinke Jack Daniels.‹ Wenn er das antwortet, ist er dein Mann. Der Lohn für jeden der Leute wird eine Million Dollar sein. Der ›Jack Daniels‹-Typ bekommt das Doppelte, er ist der Führer der Truppe.«

Die Entführer melden sich

Es war kurz nach sechs Uhr morgens, als Carlos hektisches Eintreten das Frühstück störte. Die Männer schauten müde zu ihm herüber, sahen die Aufregung in seinem Gesicht.

»In der Nähe von Nuñez«, stammelte er.

»Der Anrufer sagte, sie läge unter einem Baum an der Brücke von Nuñez.«

»Und weiter? Keine näheren Angaben?«

»Keine.«

Wortlos blickte Rafael Vargas seinen Sohn an. Roberto stand auf und verließ den Raum. Er wußte, was er jetzt zu tun hatte.

Gefolgt von einem Range Rover älterer Bauart und einem neueren Chevrolet verließ er einige Minuten später die Hacienda.

Nuñez liegt etwa 30 Kilometer südöstlich von Melgar und war von Vargas' Hacienda aus in einer Stunde zu erreichen.

Sie durchquerten den kleinen, unscheinbaren Ort, der nur aus ein paar verfallenen Häusern bestand. Es gab keine Zweifel darüber, welche Brücke gemeint war. Hier in dieser Einöde gab es nur die alte, aus Holzbohlen zusammengeflickte Brücke über den Rio Sumapaz, der hier in der Nähe seine Quelle hatte.

Sie stellten die Wagen vor der Brücke ab, stiegen aus und waren umgeben von herrlicher, unberührter Wildnis. Doch die 9 Männer waren nicht hier, um die

Natur zu genießen, sie suchten Catarina. Ihren Namen rufend schwärmten sie aus. Sie erhielten keine Antwort. Systematisch durchkämmten sie das Gelände entlang des Flusses. Nach einer Stunde intensiven Suchens waren sie nahe daran, an eine Finte zu glauben, als sie durch das Rufen einer der Männer tief in das Dickicht geholt wurden. Das schmächtige Mädchen schien zu schlafen. Sie war an einen Baum gefesselt worden. Vorsichtig befreite Roberto seine schlafende Schwester von ihren Fesseln. Er nahm sie zärtlich auf die Arme und trug sie hinüber in den Wagen. Offenbar hatten die Entführer ihr Schlaftabletten gegeben. Er bedeckte sie mit einer Wolldecke, und langsam fuhren sie zurück zur Hacienda.

Es war kurz nach zehn, als sie in Dolores eintrafen. Die Aufregung und Sorgen der letzten Tage hatten jetzt alle erfaßt. Das gesamte Hauspersonal hatte sich vor dem Portal eingefunden, um Catarinas Ankunft zu erwarten.

Die Wagen hatten kaum gehalten, da riß Vargas' Frau die Seitentür des Chevrolet auf und beugte sich über das scheinbar leblose Mädchen. Sie erstarrte. Doch als Roberto »keine Sorge, sie schläft nur«, sagte, schloß sie Catarina in die Arme und verharrte sekundenlang in dieser Stellung.

Erst als ihr Mann seine Hand auf ihre Schulter legte und sie sanft mit sich zog, ließ sie das Mädchen frei. Rafael Vargas hob Catarina aus dem Wagen und trug sie ins Haus. Der erste Akt des Stücks war zu Ende, der zweite konnte beginnen.

Sonntag, 9. Juni 1985, Abflug nach New York

Die Piloten des kleinen weißen Jets ließen die Turbinen warmlaufen. Leises, sonores Rauschen drang ans Ende des Rollfelds. Vargas und Arroyo standen im gleißend hellen Sonnenschein, Carlo wartete im Range Rover.

»Im Hyatt ist eine Suite für dich bestellt. Du triffst deinen Mann heute abend im Hotel-Restaurant. Vespucci sagte, er sei ›außergewöhnlich‹, was er damit auch immer gemeint haben mag. Sei auf jeden Fall vorsichtig.«

»Was wirst du jetzt tun?« fragte Arroyo seinen Freund. Vargas überlegte einen Moment.

»Ich weiß, daß du mit dem, was ich jetzt tun muß, nicht einverstanden bist, aber glaub' mir, wenn ich nicht zeige, nach wessen Regeln hier gespielt wird, bin ich in einem Jahr tot. Wenn du zurück bist, wird die Familie nicht mehr hier sein; sie fliegen morgen nach Europa ab. Das Personal wird in Urlaub geschickt. Nur Carlo bleibt hier und natürlich die Truppe. Wir werden ganz unter uns sein«, sagte er mit einem Lächeln.

Rafael Vargas umarmte Arroyo, dann lösten sich die Männer voneinander, Armando ging zum Range Rover und ließ sich ans Ende der Rollbahn fahren.

Durch das Bullaugenfenster des kleinen Jet sah er wenige Minuten später die Hacienda unter sich verschwinden.

Vargas informiert seine wichtigsten Leute

Am gleichen Abend hatte Rafael Vargas die vier wichtigsten Männer seiner Organisation um sich versammelt. Er mußte sie informieren, und er wollte ihren Rat. Ein Herrenabend wie jeder andere, hätte ein Außenstehender denken können, der die fünf elegant gekleideten Männer mittleren Alters beisammensitzen sah. Aber die Männer, die an diesem Abend in Vargas Arbeitszimmer zusammensaßen, waren alles andere als normale Herren mittleren Alters.

An den Längsseiten des flachen Tisches saßen sich Guiglio Diviano und Vargas gegenüber. Diviano war in der Organisation des Don für Finanzen zuständig. Lange Zeit hatte seine Aufgabe ausschließlich darin bestanden, die eingehenden Summen zu waschen, was bedeutete, daß die im Straßenverkauf in den USA eingenommenen Gelder auf verschlungenen Wegen wieder nach Kolumbien geschafft werden mußten. Das lief über Scheinfirmen in Panama, auf deren panamaische Konten die Gelder aus den USA in möglichst kleinen Summen überwiesen wurden; von dort aus ging das Geld dann wieder nach Kolumbien.

Später, als die aus dem Kokageschäft eingehenden Summen größer und immer größer wurden, ging es immer mehr darum, die freien Gelder vernünftig zu reinvestieren. Das Geld der Organisation floß in immer stärkerem Maße in legale Kanäle, so daß Beteiligungen an Banken, Versicherungen und anderen

Wirtschaftsorganisationen entstanden. Ganz legal natürlich. Heute, zwanzig Jahre nachdem Rafael Vargas das Kokaingeschäft begonnen hatte, hielten sich die Gewinne aus den legalen Geschäften und die aus dem Kokainhandel fast die Waage – dank der Arbeit des Mannes, der jetzt dem Don gegenüber saß, Guiglio Diviano.

Auf der langen Couch, mit dem Rücken zum Fenster, saßen Roberto Villacis und Jaime Romero.

Romero war in der Organisation für Produktion zuständig. In seiner Regie wurden sowohl die zwei großen Anlagen des Don im Gebiet von Caqueta geführt als auch die Beschaffung der Rohware, der Kokablätter, geregelt. Er sorgte dafür, daß kontinuierlich, ohne Produktionsabrisse, gefertigt werden konnte und die in den USA eingegangenen Verpflichtungen eingehalten wurden. Im Gegensatz zu Diviano, der einen ausgesprochen vornehmen, eleganten Eindruck machte, mit seinem langen Kopf und den nach hinten gekämmten, grauen Haaren, wirkte Romero mit seiner gedrungenen Gestalt sehr wuchtig.

Der Mann neben Romero, Villacis, war für Transporte zuständig. Er hatte dafür zu sorgen, daß die tief im Süden des Landes produzierte Ware zum vereinbarten Zeitpunkt in den USA eintraf. Der Transport erfolgte häufig mit Kurieren; genau so oft jedoch – und das war der interessantere Teil der Arbeit – ging es darum, Großtransporte mit – wie er es nannte – befreundeten Organisationen durchzuführen. Es ging dann meistens darum, eine Ladung von mehreren Zentnern Gewicht auf den Weg zu bringen. »Das sind die Aktionen, die wirklich Spaß machen«, sagte Diviano dann, weil er wußte, daß nach so einer Aktion die Liquidität, wie er sagte, extrem stieg. Nur, das Risiko dieser Aktionen war schwer einzuschätzen.

Mit dem Rücken zur Tür saß der ruhigste in dieser Runde, Alfonso Perez. Perez war ein mittelgroßer, nicht besonders auffälliger Mann. Er war in der Organisation für die sogenannten ›Sonderaufgaben‹ zuständig. Äußerlich wirkte er immer gelassen und freundlich. Niemand hätte vermutet, daß dieser gutaussehende Mann mit dem freundlichen Lächeln der energische Führer einer fünfzig Mann starken Einsatztruppe war.

Der Don hatte den Männern geschildert, was passiert war und ihnen dargelegt, wie er sich die Aktionen der nächsten Wochen vorstellte. Jeder hatte verstanden, daß es darum ging, die Organisation vor weiteren Anschlägen dieser Art zu schützen. »Wir sind in den letzten Jahren nicht mehr herausgefordert worden, weil wir schon vor langer Zeit jedermann klargemacht haben, wie wir in so einem Fall reagieren«, sagte er ruhig und lehnte sich in dem breiten Ledersessel zurück, »ich habe nicht die Absicht, jetzt den Bestand der Organisation zu gefährden.«

»Ich stimme dir zu«, sagte Diviano leise, doch schwang ein leiser Unterton in seiner Stimme mit, den Vargas nicht überhörte.

»Aber?« fragte er, denn es klang, als wenn Diviano gern etwas hinzugefügt hätte. »Aber«, sagte er langsam, »so wie ich die Sache sehe, sollten wir es selbst erledigen. Und ich habe noch ein anderes Problem, du sagtest, du wolltest ein Exempel statuieren. Heißt das, daß wir nicht nur die Verurteilung übernehmen, sondern auch die Hinrichtung?«

»Genau das heißt es«, sagte Vargas kalt.

Die Runde schwieg einen Augenblick.

»Wir wissen nicht, wer die Leute sind. Es ist wirklich ein wenig komisch«, sagte Villacis nachdenklich, »ich kann mir nicht vorstellen, wem im Augenblick daran gelegen sein kann, sich mit uns anzulegen.«

»Laß uns mal beim Punkt bleiben«, sagte Perez und schaute den ihm gegenübersitzenden Villacis vorwurfsvoll an. »Was heißt das jetzt«, fragte er Vargas, »du sagtest, du willst eine Einsatztruppe von Leuten bilden, die nicht aus der Organisation kommen? Warum?«

»Ich will darüber nicht mehr diskutieren«, sagte Vargas kurz und stellte damit klar, daß er diesen Punkt jetzt zwar noch einmal erklären, ihn aber nicht mehr lange in der Gruppe diskutieren wollte.

»Wenn du mit deinen Leuten morgen auf die Suche gehen, die Leute finden und sie dir vornehmen würdest, wäre übermorgen heraus, wer für diese Geschichte verantwortlich ist. Das müssen wir vermeiden. Wir werden eine Truppe aus den USA einfliegen, und die werden den Job für uns machen. Was ist denn los?« fragte der Don, »ich merke doch, daß ihr nicht einverstanden seid, was gefällt euch nicht?«

»Also mir gefällt es nicht, daß fremde Leute in unserem Bereich herumwirtschaften«, sagte Perez.

»Und mir gefällt gar nichts an dieser Sache«, sagte Diviano plötzlich ganz ruhig.

»Muß es wirklich so eine riesige Schlacht werden?« fragte er.

»Ich wäre mehr dafür, die Sache ›low key‹ zu spielen. Wir schnappen uns die beiden Leute, die diese Idiotie begangen haben, und Ende.«

»Du bist gut«, sagte der Don, »du meinst allen Ernstes, es sind irgendwelche kleinen Ganoven, die es wagen, meine Tochter zu entführen?«

Spannung war aufgekommen, die Männer kannten sich zu lange, als daß sie nicht alle gemerkt hätten, daß jetzt eine Auseinandersetzung über das weitere Vorgehen vermieden werden mußte, um den Don nicht unangenehm werden zu lassen. Blicke wechselten über den Tisch, Rauchschwaden hingen in der Luft, die Männer schwiegen.

»Vielleicht hast du recht«, sagte Diviano plötzlich, »es könnte sein, daß es auch ein Auftakt zu einem neuen Krieg ist.«

»Wie meinst du das?« fragte Villacis.

»Es könnte sein, daß das Ziel der Aktion eine Umverteilung der Marktanteile ist. Irgend jemand will uns seine Stärke beweisen und so eine bessere Verhandlungsposition herausholen. Er deutet damit an, wie stark er sich fühlt und zwingt uns auf diese Weise zu Zugeständnissen, die wir sonst nie gemacht hätten.«

»Gibt es denn irgendwelche neuen Leute in der Szene, die wir nicht kennen?« fragte Vargas.

»Soweit ich weiß, nicht«, meinte Perez, »aber wir müssen das prüfen.«

»Nein, ich denke, wir müssen hart bleiben, egal was es ist, wir werden diese Leute zur Rechenschaft ziehen. Sie dürfen damit nicht durchkommen«, sagte der Don leise und jeder wußte, was er damit gemeint hatte.

Die Männer blieben den ganzen Abend zusammen. Perez machte keinen Hehl daraus, daß er nicht mit der Vorgehensweise einverstanden war. Er sagte ganz deutlich, der Don solle ihm die Angelegenheit überlassen, die Truppe würde ein so außergewöhnliches Vorgehen nicht verstehen. Vargas antwortete nur, er möge ihm die Entscheidungen überlassen, und damit war die Sache dann entschieden. Perez wurde nur beauftragt, herauszufinden, wer für diese Aktion verantwortlich sein könnte. Die drei anderen hatten sich an diesem Abend mit ihren Meinungen immer mehr zurückgehalten, als sie den sich zuspitzenden Konflikt zwischen Perez und Vargas bemerkten. Sie wußten, daß Perez das Mißtrauen gegen die Leute seiner Truppe nicht verstehen konnte.

»Dann werden wir Armando Arroyo als Vermittler einschalten;«, sagte Vargas abschließend, und auch das wurde noch einmal zu einem offenen Kritikpunkt. Alle wußten, daß Arroyo ein enger Freund des Don war, aber sie hielten den Mann, der als Anwalt in Bogota arbeitete, für solche Jobs für vollkommen ungeeignet. Auch darüber setzte sich Vargas an diesem Abend hinweg. Er hatte seine Gründe. Erst gegen 23 Uhr nachts verließen die vier Leute das Haus.

»In einer solchen Situation muß einer sagen, was gemacht wird«, sagte Vargas abschließend, »sonst macht jeder, was er will.«

Die Männer brauchten ihm ihre Loyalität nicht zu versichern, er wußte, er konnte sich darauf verlassen, daß die Organisation sauber weiterarbeiten würde, während er sich kurzfristig um etwas anderes kümmerte.

Der außergewöhnliche Smith

Die Skyline von New York lag im Schein der Abendsonne, als der kleine Jet auf den John F. Kennedy Airport zuschwebte. Die Wolkenkratzer faszinierten Arroyo immer wieder aufs neue.

»Wenn ich an New York denke«, schrieb Henry Miller, »sehe ich es vor mir als ungeheure Lüge, als Täuschung, Betrug, als einen Alpdruck. Ich meine dabei vor allem Manhattan. Wie imponierend, wie grandios, wie unvorstellbar mächtig erscheint es vom Flugzeug aus. Und dennoch hat mich sein bloßer Anblick mit Furcht, Ekel und Verzweiflung erfüllt.« Arroyo hatte sich auf dem mehr als sechsstündigen Flug viele Dinge durch den Kopf gehen lassen. Er wußte, daß weder die politischen noch sozialen Verhältnisse Kolumbiens mit normalen, westlichen Maßstäben gemessen werden konnten. Trotzdem fragte er sich, ob es keine andere Lösung für Vargas' Probleme gab. Er war in den letzten Stunden verzweifelt alle Möglichkeiten durchgegangen. Die Justiz des Landes befand sich in einem desolaten Zustand.

Er als Anwalt hatte fast täglich mit korrupten Richtern zu tun. In der kolumbianischen Justiz zählte nur die Macht des Geldes. Hätte es Sinn, sich an den Polizeipräsidenten zu wenden, der ihm persönlich gut bekannt war? Arroyo verwarf den Gedanken sofort. Sollte sich Rafael Vargas, der größte Kokainhändler des Landes und von höchst zweifelhaftem Ruf, an die

Polizei wenden, um sie um Hilfe zu bitten? Das wäre absurd. Der Präsident fiel ihm ein. Hatten nicht die Terroristen seine eigene Tochter entführt? Müßte nicht er Verständnis für Vargas Problem aufbringen? Aber auch diesen Gedanken verwarf er. Es gab für Vargas nur einen einzigen Weg, sich und seine Familie und die Organisation, die er sich aufgebaut hatte, zu schützen, er mußte sich selbst helfen.

Arroyo gab es auf, nach einer Lösung zu suchen und versank im Anblick des blau unter ihnen liegenden Meers.

Vor dem Terminal 18 trennte sich Arroyo von den Piloten, die im Hilton Hotel wohnen sollten. Sie versprachen, nach etwa 5 Tagen jederzeit erreichbar zu sein.

Er fuhr über den 16-spurigen van Wyk Expressway, den Grand Central Parkway, vorbei an der berühmten Tennisanlage von Flushing Meadow und dem zweiten riesigen New Yorker Flughafen, La Guardia, hinüber zur Gran Central Bridge und bog schließlich in die zweiundvierzigste Straße ein.

Nach etwa einer halben Stunde Fahrt stoppte der Fahrer den Wagen vor dem Glasbaldachin des Hyatt Hotels in New York.

In der etwa 1000 Quadratmeter großen Lobby waren um diese Zeit kaum Menschen. Gedämpftes Licht schien auf den dunkelroten Teppich. Sitzgruppen umrahmten zahlreiche kleine Rauchglastische. Goldene Leuchter waren an den acht tragenden Säulen der Halle befestigt. An den Wänden hingen expressionistische Gemälde, die von Strahlern beleuchtet wurden.

»Good afternoon«, sagte Arroyo, obwohl es schon nach 18 Uhr war.

»Good evening, Sir«, antwortete die junge, gutaussehende Frau hinter der Rezeption.

Wenige Minuten später betrat er die Suite Nr. 1604, die aus drei Räumen bestand.

Arroyo blieb bis 20 Uhr gerade noch eine halbe Stunde. Es ekelte ihn ein wenig, wenn er daran dachte, daß er nach dem Duschen wieder in die alten Kleidungsstücke steigen mußte. Bis auf ein von Rafael geliehenes Hemd hatte er auf Grund der rasanten Entwicklung der Aktion keine eigenen Sachen mehr beschaffen können.

Er duschte eilig, zog das geliehene hellgraue Seidenhemd über, den anthrazitgrauen Leinenanzug, den er in der Kathedrale von Zipaquira schon getragen hatte, und kämmte sich die spärlichen, immer noch leicht nassen Haare nach hinten.

Kurz vor 20 Uhr verließ er die Suite. Das Restaurant befand sich auf Höhe der Lobby, etwas verborgen im Hintergrund. Am Eingang nahm ihn ein Chefkellner in Empfang.

Freundlich lächelnd ging Arroyo an dem Livrierten vorbei. Der dicke Velour schluckte seine Schritte; leise Gespräche umgaben ihn, als er die Tische nach einer Flasche Jack Daniels absuchte.

Es gab nur einen Tisch hier, an dem ein Mann allein saß. Die Ellenbogen auf den Tisch gestützt, eine glimmende Zigarette in der rechten Hand, eine Flasche Jack Daniels vor sich, saß er am Ende des mittleren Ganges und schaute Armando entgegen. Er trat vorsichtig an den Tisch heran und fragte: »Still going strong?«

Der Mann lächelte ihn an und sagte: »Der Spruch ist wirklich gut, aber ich bleib' bei Jack Daniels.« Er reichte Arroyo die Hand und schüttelte sie kräftig. »Mein Name ist Smith«, sagte er mit einer angenehmen, tiefen Stimme. Arroyo schaute zu Smith auf, er schätzte ihn auf etwa einsneunzig, vielleicht etwas mehr. Es entstand eine kurze, peinliche Pause, bis Smith ihn bat, Platz zu nehmen und sich wieder auf seinen Stuhl fallen ließ.

»Darf ich Ihnen vielleicht ein wenig von diesem exzellenten Zeug einschenken?« fragte er lächelnd.

»Ja, bitte, aber nur ein wenig«, sagte Arroyo. Er versuchte zu erfassen, was für ein Mensch sein Gegenüber war. Er blickte ihm in das offene, fast jugendliche Gesicht, sah den buschigen Schnauzbart unter der geraden Nase und das leicht gewellte dunkelblonde Haar und fragte sich, ob er sich den Chef einer Söldnertruppe so vorgestellt hatte. Smith trug einen dunkelblauen Anzug, ein hellblaues Hemd und eine dunkelblaue Krawatte. Arroyo dachte, daß er in diesem Aufzug auch gut und gern im Justizpalast von Bogota erscheinen konnte, ohne negativ aufzufallen. Smith hatte eingeschenkt und lächelte fast verlegen. Dabei zeigte er links und rechts neben seinem Schnurrbart zwei tiefe Grübchen, die sein Gesicht noch sympathischer wirken ließen. »Gut«, sagte er, »ich denke, wir beginnen der Reihe nach. Sie kennen weder mich noch die Leute, die wir hier treffen werden und was der Schwierigkeiten mehr sind.«

Smith sprach langsam und sehr deutlich.

»Um eines von vornherein völlig klarzustellen: Ich bin nicht hier, um Sie in irgendein Problem zu verwickeln, sondern um Ihnen zu helfen, ein ganz bestimmtes Problem zu lösen. Dafür werde ich verdammt gut bezahlt. Soviel zu meiner Person; nun zum Job. Franco Vespucci hat sich nicht besonders deutlich ausgedrückt, als er mich anrief. Ich denke, es wird wohl das Beste sein, wenn Sie mir noch mal kurz berichten, wie der Job aussieht.«

Armando begann detailliert darzulegen, was Rafael Vargas von ihm und seinen Leute erwartete. Smith hörte aufmerksam zu, schlürfte seinen Whiskey und schwieg.

Er schwieg auch noch, nachdem er alles gehört hatte.

»Holla«, sagte er plötzlich, »das kann ja ein ganz übles Ding werden.«

»Wieso?« fragte Arroyo.

»Nun, wir wissen nicht, wer die Entführer sind. Nehmen wir mal an, es sind keine Einzeltäter, sondern hinter ihnen steht irgendeine Organisation, dann wird ein ganzer Haufen von logistischen Problemen auf uns zukommen und, was noch weit wichtiger ist, ich bin von der Zielrichtung etwas überrascht.«

»Was heißt Zielrichtung?«

Smith beugte seinen Kopf noch weiter über den Tisch zu Armando hinüber. »Ich denke, es ist doch wohl starker Tobak, die Leute einfach zu liquidieren«, sagte er flüsternd, »muß das denn wirklich sein, geht's nicht ein wenig freundlicher?«

»Ich bin im Grunde auch Ihrer Meinung«, sagte Arroyo leise, »aber Sie können solche Dinge mit ihm nicht diskutieren. Wenn er sagt, die Organisation ist gefährdet, deshalb brauche ich diese Lösung, dann ist das eine endgültige Entscheidung.«

»Wenn ich das richtig sehe, will er ein Exempel statuieren«, antwortete Smith. »Das ist auch nichts Schlimmes. Als ich noch im Dienst war, waren solche Sachen an der Tagesordnung, aber man muß doch nicht gleich einen Haufen Mitläufer abknallen.« Er lehnte sich zurück, schaute sich in dem immer noch gut besetzten Restaurant um und sagte: »Meinen Sie nicht, daß wir erst abwarten sollten, bis wir genau wissen, wer die Leute sind, und dann entscheiden, was zu tun ist?«

»Das ist natürlich ein vernünftiger Vorschlag«, sagte Armando Arroyo, »es könnte nur dann Probleme geben, wenn Sie mit der Vorgehensweise, die er wählt, nachher nicht einverstanden sind.«

»O.K., dann müssen wir uns eben so verständigen, daß der Versuch zu einer abgestimmten Vorgehensweise unternommen wird, und wenn keine Einigung erzielt werden kann, müssen wir tun, was er verlangt.«

Sie saßen schon über eine Stunde beisammen, hatten das Essen bestellt und in großen Zügen besprochen, wie es weitergehen sollte. Arroyo hielt Smith für einen fairen Gesprächspartner. Ihn interessierte der Lebenslauf dieses Mannes. Warum mußte er Jobs dieser Art annehmen? Smith schien hochintelligent zu sein, vernünftig und ruhig. In kürzester Zeit hatte er die Probleme der Aktion zusammengefaßt.

»Ich habe ein paar Kontakte aufgewärmt. Morgen

werden wir drei alte Freunde von mir sehen. Ich kann noch nicht sagen, ob sie jetzt noch zu mir passen; wir müssen das abwarten. Wir waren vor langer Zeit einmal beim selben Arbeitgeber«, sagte Smith, und ein breites Grinsen ging über sein Gesicht. Armando hatte verstanden: CIA.

Im Verlaufe der nächsten Stunden ließ Smith sich von Arroyo eingehend über die kolumbianischen Verhältnisse berichten. Er erfuhr Details über den Umfang des Kokain-Geschäfts, die Bedeutung des Handels für die gesamte Volkswirtschaft und konnte sich bei dieser Sicht der Dinge ein Lachen nicht verkneifen. Er erfuhr, daß die Indios im bolivianischen Hochland bereits seit Jahrtausenden Kokablätter kauen. Dort gilt Kokain nicht als Suchtmittel, sondern es hilft den Indios, die zum Teil in Höhenlagen von 4000 Metern und mehr leben, ihren Kreislauf anzuregen. »Dort ist das eine Medizin«, sagte Arroyo.

»Diese Leute werden nie verstehen, warum sie den Kokaanbau einstellen sollten. Etwa weil die süchtigen Amerikaner zu viel importieren?«

Smith nickte nachdenklich mit dem Kopf. »Ja, von der Seite hab' ich das noch nie gesehen«, sagte er.

Die Unterhaltung zog sich bis tief in die späten Abendstunden hin. Die Flasche Jack Daniels hatten sie gegen 23 Uhr fast leergetrunken und entschieden, das Restaurant zu verlassen.

Die beiden Männer gingen durch die im Halbdunkel liegende, nur noch spärlich besetzte Hotelhalle.

»Ich heiße Armando«, sagte Arroyo, als sie gemeinsam im Fahrstuhl standen.

»O.K., Ärmändou«, antwortete Smith in breitestem Amerikanisch. »I am John.«

›John Smith‹, dachte Armando, ›ein wirklich origineller Name.‹

Wenige Minuten später war Smith allein in seinem Zimmer. Er schaute hinunter auf das Lichtermeer der City. Er nippte an einem Whiskey und begann all das, was Arroyo ihm erzählt hatte, noch einmal zu durchdenken.

Der Auftraggeber: Ein schwerreicher Kokainhändler.

Der Job: Rache für die Entführung der Tochter.

Gegner und Kampfgebiet: Nicht bekannt.

Die Truppe: Ein noch ungewisser Faktor.

Den Schilderungen Arroyos zufolge machte dort unten jeder, was er wollte. Die Kokainmafia bewegte sich fast frei im Lande, produzierte und exportierte wie jedes normale Unternehmen.

Die Polizei schien sich nur in Ausnahmefällen um diese Aktivitäten zu kümmern. Der Staat rechnete mit dem Geld aus den ›Exporteinnahmen‹. Täglich wurden zudem Leute entführt, auch hier war es Zufall, wenn einmal einer der Entführer geschnappt werden konnte.

Smith mußte lachen, als ihm klarwurde, daß ausgerechnet einer der größten Bosse der kolumbianischen Kokainmafia im Begriff war, für Recht und Ordnung zu sorgen. Natürlich tat er dies nicht, um der Polizei zu helfen, sondern ausschließlich, um sich selbst und seine Organisation vor weiteren Anschlägen dieser Art zu schützen.

»Und was werde ich für eine Rolle in diesem Spiel übernehmen?« fragte sich Smith. »Vargas will seine Rache. Bin ich ein Werkzeug für blinde Rache? Dann wäre ich tiefer gesunken, als ich es befürchtet hatte.«

Smith dachte zurück an seine Zeit im Dienst des CIA. Der Grund für seine Entlassung fiel ihm wieder ein. Es war acht Jahre her. Ein sonniger Morgen in Montevideo. Smith war schon sehr lange dabei, hatte sich bei vielen Einsätzen durch intelligente Spitzelarbeit ausgezeichnet. Er sollte zwei Generäle treffen, die einen Auftrag für ihn hatten, mehr wußte er nicht. Es war kurz nach halb zwölf, als sich die beiden uniformierten Männer ihm näherten. Er sah die etwas rundlichen Gestalten lächelnd auf sich zukommen und erinnerte sich an das unangenehme Gefühl, das ihn beschlich. »General Heusen«, stellte sich der eine vor, »General Green« der andere. Man ging essen, und ohne Smith Einzelheiten zu schildern, beschrieben die Männer ihm seine Aufgabe. Eine Tasche mit brisantem Inhalt war abzuholen. Diese Tasche sollte er noch am gleichen Abend mit in ein Restaurant nehmen, sie dort stehenlassen und das Restaurant verlassen. Es wäre ein Tisch für ihn reserviert auf den Namen Walker, es könne nichts schiefgehen, alles sei genau geplant. Smith brauchte nicht lange, um zu erfassen, was von ihm verlangt wurde, ein Attentat war durchzuführen, und man bediente sich seiner als Handlanger. Er fragte sich damals, warum man nicht wie sonst einen lokalen Verbindungsmann einsetzte. Er hatte versprochen, das Paket abzuholen, aber es nie an seinen Bestimmungsort gebracht. Das Attentat auf Jaime Rodriguez, den Oppositionsführer, fand an diesem Abend nicht statt.

Smith war gefeuert, nachdem bekannt wurde, daß er seinen Auftrag nicht durchgeführt hatte.

»Und jetzt?« fragte er sich. »Werde ich wieder zum Handlanger eines Mächtigen?«

Frederico Cabeza auf der Flucht vor seinen Verfolgern

Erst zwei Tage waren vergangen, nachdem die Entscheidung gefallen war, die Tochter des Präsidenten zu töten. Mit seiner Flucht hatte Cabeza Fahnenflucht begangen. In jener Nacht, als er gemeinsam mit dem Mädchen die Hütte verlassen hatte, war es ihm gelungen, sich mit ihr in Richtung Nordwesten durchzuschlagen. Er wußte, daß die Gruppe ihn verfolgen würde, und er kannte das Urteil, das über ihn gefällt worden war.

Am Morgen des Tages, an dem Catarina Vargas von ihrem Bruder bei der Brücke von Nuñez gefunden wurde, erreichten Cabeza und das Mädchen die Stadt Hobo.

Sie sprangen von dem alten Laster, der sie mitgenommen hatte, und liefen durch die engen Gassen der Stadt, in Richtung der im Zentrum gelegenen Kirche.

Cabeza wußte, daß sie jeden Moment damit rechnen mußten, von den Verfolgern überrascht zu werden. Es war kurz nach elf Uhr morgens, als sie über das Kopfsteinpflaster des Kirchenplatzes hetzten und die wenigen Stufen zum Eingang des Kirchentorplatzes hinaufliefen. Cabeza ergriff den schmiedeeisernen Ring und zog die massive Holztür auf. Stille und Frieden umgab sie von einer Sekunde auf die andere.

Vorsichtig schlichen sie durch den Mittelgang. Sie

gingen an dem schlichten Holzaltar vorbei und fanden die zum Kirchengewölbe führende Tür. Ihre Schritte hallten im finsteren Gewölbe wider, als sie langsam die brüchige Steintreppe hinunterstiegen. Cabeza hatte sekundenlang das Gefühl, es geschafft zu haben.

Er wußte nicht, warum er in der Stunde der Not glaubte, in der Kirche am sichersten zu sein. Langsam tasteten sie sich den nassen, unbeleuchteten Gang entlang. Sie fanden einen winzigen Raum, der offenbar als Abstellkammer genutzt wurde, verkrochen sich in den hintersten Winkel und schmiegten sich eng aneinander.

Er fühlte die Wärme des Mädchens, spürte ihre Angst. Ihm war klar, daß ihr Tod sinnlos gewesen wäre.

Die Finsternis brachte Bilder aus der Vergangenheit zurück. Er sah, wie er zum erstenmal zur Gruppe LPC kam. Sah die bewaffneten Kämpfer im Urwald von Caqueta einen Angriff auf den Wagen des Gouverneurs der Provinz vorbereiten. Er wußte, daß die Leute es damals ehrlich meinten mit dem Kampf für die Armen und der Revolution für das Volk.

Er erinnerte sich daran, wie er Valdez kennengelernt hatte. Er sprach von einer besseren Zukunft und mehr Gerechtigkeit. Was war aus diesen Zielen geworden?

Schritte wurden auf der Kellertreppe hörbar.

Cadeza wußte, daß es das Ende von ihnen beiden bedeuten konnte, wenn Valdez' Leute sie entdeckten. Es dauerte nur ein paar Sekunden, bis die Spannung sich löste; eine matte Glühbirne flammte auf und spendete trübes Licht. Cabeza sah eine in ein Priestergewand gekleidete Gestalt den Gang entlangkommen. ›Wir können uns nicht ewig verstecken‹, dachte er und zog Carla mit sich. Der Priester erschrak, als die beiden plötzlich vor ihm auftauchten, doch bald hatte er seine Sprache wiedergefunden: »Wo wollt ihr hin? Herrgott, habt ihr mich erschreckt.«

»Helft uns, bitte«, sagte Cabeza. »Wir werden gejagt. Es geht um Leben und Tod.«

Der Priester war mißtrauisch, doch er führte die beiden nach oben in seine zwei neben der Kirche gelegenen privaten Räume.

Cabeza schilderte ihm die Situation.

»Mit anderen Worten: du glaubst, wenn sie euch finden, werden sie euch töten?« fragte der Priester und runzelte die Stirn.

»Ganz sicher«, sagte Frederico, »daran besteht kein Zweifel. In ihren Augen habe ich die Revolution verraten, und dafür muß ich sterben. Ich bin aber überzeugt davon, daß Valdez gerade das tut. Er manipuliert die Gruppe und zwingt ihr seinen Willen auf. Heute bestimmt Valdez die Ziele, sie sind aber immer weniger die der anderen. Ich weiß nur eins, es hat keinen Sinn, dies Kind umzubringen.« Er schaute zu Carla hinüber, die ihn schweigend und mit großen Augen ansah. Sie fühlte keinen Haß, auch die Angst war gewichen. Nur eine grenzenlose Traurigkeit hatte sie ergriffen. Vielleicht sah sie ihre Eltern nie mehr wieder. »Dann wäre es doch wohl das Beste, du brächtest das Mädchen zu ihrem Vater zurück, damit wären deine Probleme gelöst«, sagte der Priester.

»Unsinn«, sagte Cabeza scharf, »dazu habe ich sie nicht gerettet.«

»Also, was willst du dann?« fragte der Priester, der die Sache immer weniger verstand.

»Ich will das Mädchen so lange als Geisel behalten, bis der Präsident zu Verhandlungen über die Freilassung unserer Leute bereit ist. Ich bin überzeugt davon, daß er lieber zurücktreten würde, als seine Tochter zu opfern. Ich muß nur Zeit gewinnen, die Gruppe darf mich nicht vorher erwischen, sonst sind wir verloren.«

Der Priester schwieg und fragte sich, ob das bedeuten sollte, daß Cabeza beabsichtigte, die nächsten Wochen bei ihm zu verbringen. Er war ein gottesfürchtiger Mann und wollte helfen. ›Aber man muß dabei ja nicht unbedingt sein Leben aufs Spiel setzen‹, dachte er.

»Und wie geht es weiter?« fragte er schließlich.

»Jemand muß mit der Gruppe sprechen und sagen, daß ich das Mädchen nicht zum Präsidenten bringen werde, bis er zu Verhandlungen bereit ist.«

»Jemand?« fragte der Priester leise. »Wer glaubst du, könnte das sein?«

Cabeza schaute ihn schweigend an.

»Also, du glaubst, ich steige hinauf in das Terroristennest und rede mit diesen Mördern? Ist das nicht ein wenig viel verlangt?« fragte der Priester erregt.

Cabeza war klar, er mußte den Mann überzeugen.

Es dauerte eine Weile, bis der andere sich ihm wieder zuwandte und »also gut, ich mach's«, sagte.

In den folgenden Stunden besprachen sie jede Einzelheit der Aktion. Cabeza schilderte dem Priester die

Lage des Stützpunktes und klärte ihn über die unterwegs wartenden Wachen und Losungsworte auf.

Bei jedem Detail, das Cabeza seiner Schilderung hinzufügte, wurde dem Geistlichen klarer, auf was für eine heikle Mission er sich eingelassen hatte, aber er konnte nicht mehr zurück.

Später führte er Cabeza und Carla in ihr Versteck. Durch eine Geheimtür gelangten sie in einen Gang, der zu einer unterirdischen Sakristei führte. »Hier werdet ihr sicher sein«, sagte der Priester und ging durch den Gang zurück in seine Wohnung.

Noch am Nachmittag hatten die Verfolger Hobo erreicht. Noch wußten die vier Männer nicht, wo sie suchen sollten, sie konnten nur vermuten, daß die beiden sich in dieser Gegend aufhalten mußten.

»Verdammt, wir müssen ganz einfach fragen, ob jemand sie gesehen hat«, sagte Diego Rivera, als sie den Wagen vor einer Kneipe im Stadtkern geparkt hatten. Der nachmittägliche Verkehr der Provinzhauptstadt strömte an ihnen vorbei. Sie hatten bereits unterwegs eine Reihe von Leuten gefragt, aber niemand hatte ihnen etwas über die Gesuchten sagen können.

Die Männer stiegen aus und trennten sich. Die engen Gassen der kleinen Stadt verschluckten sie in wenigen Minuten.

Smith sucht sein Team

John Smith hatte sein Frühstück bereits beendet, als Arroyo den Raum betrat.

Es war kurz nach neun. Smith ließ die New York Times sinken, murmelte etwas wie »Morning, how are you?« und grinste breit, als er sah, daß Armando offenbar noch heftig mit dem Kater kämpfte, den er sich gestern abend eingefangen hatte.

»Ich bin schon fertig«, sagte Smith, griff nach der Zeitung und fuhr fort zu lesen. Arroyo war's recht, zu Gesprächen fehlte ihm noch die Lust.

Der Kellner kam, und er bestellte sich ein amerikanisches Frühstück. Während er aß, schaute er auf die vor ihm ausgebreitete Times. Er fragte sich, was Smith für ein Mensch war. Er erinnerte sich, daß es eventuell zu Auseinandersetzungen mit Vargas über die Art der Durchführung der Operation kommen könnte. Ob Smith, dieser vorsichtige, nachdenkliche Typ, für diese Art Job wirklich der richtige Mann war? Aber Arroyo war zu klug, um vorschnell ein falsches Urteil zu fällen. Er entschloß sich, abzuwarten und Smith Gelegenheit zu geben, seine Fähigkeiten unter Beweis zu stellen.

»Du liebe Güte«, meldete sich Smith hinter seiner Zeitung, »diese Europäer, ich kann das bald nicht mehr lesen, die reden immer nur von ihren neuen Raketen, immer dasselbe blöde Zeug.«

»In bezug auf die Raketen sind wir hier wohl ziemlich sicher«, sagte Arroyo, »wem sollte es schon einfallen, eine Bombe auf Bogota zu werfen.« Plötzlich hörten die Männer die quäkende Stimme des Hotellautsprechers: »Telefoncall for Mister John Smith.« Smith senkte die Zeitung und schaute Arroyo an. »Wenn das schon Greenberg ist, solltest du besser raufgehen«, sagte er und faltete die Blätter zusammen.

Smith ging hinüber zum Telefon, Arroyo zahlte die Frühstücksrechnung und fuhr nach oben. Smith folgte einige Minuten später. Mit ihm erschien ein kleiner, fast quadratisch wirkender Mann, der mit einem freundlichen »Hy« grüßte.

Arroyo schaute den Fremden fassungslos an. Einen Mann in diesem Alter hatte er noch nie so auffallend gekleidet gesehen. Greenberg trug einen knallgelben Pullover, rote Jeans und weiße Turnschuhe. Die schwarzen Haare waren kurz geschnitten, sein runder Kopf wirkte daher wie eine Kugel.

»Also«, begann Smith das Gespräch, »ich habe Señor Arroyo bereits von dir erzählt; er weiß, daß wir zusammengearbeitet haben. Ich werde dir jetzt kurz sagen, was unsere Aufgabe sein wird. Dann werden wir sehen, ob wir zueinander passen.«

Greenberg setzte sich locker in einen Sessel, legte den rechten Fuß auf das linke Knie und begann zu erzählen. Auch er war auf ähnliche Weise wie Smith durch den CIA in Schwierigkeiten gekommen. In den Folgejahren hatte er sich in bürgerlichen Berufen versucht und war eine Zeitlang Auslandskorrespondent gewesen. Seit neuestem war er Manager der Washington Giants, einer Profi-Baseballtruppe. Smith setzte ihm anschließend auseinander, was sie in Kolumbien erwarten würde.

»Und ihr wißt noch nicht, mit wem wir es da zu tun haben werden?« war Greenbergs erste Frage, nachdem Smith geendet hatte.

»Nein, das wissen wir nicht«, sagte Arroyo, »es gibt da verschiedene Möglichkeiten.«

»Und warum müssen es Nordamerikaner sein«, fragte Greenberg weiter, »warum erledigt der Mann das nicht mit seinen eigenen Leuten?«

»Der Fall liegt einfach«, erklärte Arroyo ruhig, »der Auftraggeber will auf keinen Fall mit dieser Angelegenheit in Verbindung gebracht werden. Würde er Kolumbianer einsetzen, wäre nicht geheimzuhalten, wer hinter der Aktion steckt. Es müssen zudem Spezialisten sein, die ihr Handwerk verstehen.«

»Keine leichte Entscheidung«, sagte Greenberg, als die Dinge auf dem Tisch lagen. »Es wird eine heikle Sache, wir wissen nicht, gegen wen wir kämpfen, kennen die Stärke des Gegners nicht. Die Vorgehensweise erscheint mir allerdings ein wenig brutal, aber das habe ich nicht zu entscheiden. Jedenfalls stimmt die Bezahlung bei dem Risiko.«

»Was ist, kannst du sofort eine Entscheidung fällen, oder brauchst du Bedenkzeit?« fragte Smith nach einigen Minuten.

»Ich mache mit, allerdings nur unter einer Voraussetzung: Es muß eine Truppe sein, auf die man sich verlassen kann. Mit einem Haufen Idioten arbeite ich nicht.«

»Nun«, sagte Smith, »wir wollen alle heil zurückkommen.« Damit war der erste Mann angeheuert.

Smith bat ihn, noch am gleichen Tag ein Zimmer im ›Hyatt‹ zu beziehen.

»Die werden nicht alle so clever sein wie er«, sagte er, als Greenberg gegangen war. »Ich brauche auch Killer. Ohne die ist der Job nicht zu machen.«

Armando beschloß, Smith handeln zu lassen, wie er es für richtig hielt.

Der Präsident erhält eine schlimme Nachricht

Die Nachricht von der Ermordung der Tochter des Präsidenten bewegte das Volk. In fast gleichlautenden Meldungen hatten drei große Tageszeitungen einen Bekennerbrief der LPC veröffentlicht, in dem sie sich zu dem Mord bekannte. »Wir haben dem Präsidenten ein faires Angebot gemacht«, hieß es in der Verlautbarung. »Wir respektieren seine Entscheidung, das Leben seiner Tochter für die Staatsräson zu opfern. Carla de Calderon wurde am Morgen des vergangenen Samstags im Namen des Volkes hingerichtet.«

Obwohl die Leiche des Mädchens nicht gefunden worden war, ging man davon aus, daß die Meldung der Wahrheit entsprach. Die LPC hatte noch nie Falschmeldungen gebracht.

Noch am gleichen Morgen war Enrique Calderon in seinem Haus mit Jaime Moran, seinem Polizeichef und Portillo, dem Verteidigungsminister, zusammengetroffen.

Er saß in einem der schwarzen Ledersessel an dem zum Park führenden Fenster und machte einen abwesenden Eindruck. Moran und Portillo schwiegen. Der Tragik dieses Augenblicks konnte sich keiner der Männer entziehen.

»Die Situation ist unüberschaubar«, sagte Portillo schließlich. »Wie wir wissen, gibt es neben der LPC noch die ELN, die Leute des Roten Stern, die FARC, die wiederum eng mit den peruanischen Gruppen zusammenarbeiten. Sie sind über das ganze Land verstreut, haben Wohnungen in allen großen Städten, Sympathisanten, Helfer und Helfershelfer überall. Das wird nicht einfach.«

»Sagen wir's mal deutlich«, schaltete sich Moran ein, »es läuft alles auf einen Bürgerkrieg hinaus. Es ist klar, daß wir die Leute nicht alle fassen können. Und wir haben in vielen Fällen keine konkreten Beweise gegen einzelne Gruppenmitglieder. Wenn wir die Zugehörigkeit zu einer Terrorgruppe unter Strafe stellen, dann sind diese Leute, denen nichts Genaues nachgewiesen werden kann, nach ein oder zwei Jahren wieder draußen; die Lösung muß anders aussehen, das wissen Sie auch, Portillo.«

Der Präsident schaute die beiden bei ihm sitzenden Männer an. »Was schlagen Sie also vor?« fragte er kurz.

»Wir müssen die Gruppen zerschlagen«, sagte Portillo. »Hören Sie sich nur an, was die Provinzgouverneure berichten. Diese Gruppen haben im Süden ganze Dörfer eingenommen, unterdrücken die Bevölkerung und verlangen Unterstützung.«

Der Präsident stand auf: »Wir sind ein Rechtsstaat, und wir handeln nach dessen Grundsätzen, daran wird auch diese Situation nichts ändern. In dem Augenblick, in dem ich die Methoden dieser Terroristen übernehme, bin ich wie sie. Wir werden uns nicht auf ihre Stufe begeben.«

»Dann werden sie weitermachen, und wir werden weiter unter ihnen leiden«, sagte Moran.

Die Positionen waren deutlich geworden. Calderon wollte sich nicht auf die durch Fanatismus geprägten Methoden der Terrororganisationen einlassen. Sowohl sein Polizeipräsident als auch sein Verteidigungsminister waren überzeugt davon, mit den ihnen gegenwärtig zur Verfügung stehenden Mitteln nichts gegen die Terroristen ausrichten zu können.

Die Diskussion zog sich über den ganzen Tag hin. Der Präsident beauftragte die Männer, eine Strategie auszuarbeiten, mit der die Aktivitäten der verschiedenen terroristischen Gruppen eingeschränkt werden sollten.

Valdez beschafft Waffen in Chile

Valdez und Velasquez wollten, nachdem die 50 Millionen beschafft worden waren, keine Zeit verlieren. Während Cabeza sich auf der Flucht vor seinen Verfolgern befand und Armando Arroyo nach New York geflogen war, bereiteten sie ihre Abreise nach Santiago de Chile vor.

Valdez hatte einen Kontakt zu Carlos Galvan herstellen lassen, der als Spezialist für die Beschaffung von schwerem Kriegsgerät galt. Es ging um Raketen. Die Mauer des außerhalb Bogotas gelegenen Zuchthauses sollte fallen.

Am Nachmittag des 12. Juni befand sich die aus Bogota kommende Maschine der Fluggesellschaft LAN Chile im Landeanflug auf Santiago. Aus den engen Fenstern des Flugzeugs blickten die beiden auffallend elegant gekleideten Männer auf die unter ihnen liegende Stadt.

»Ein idealer Wohnort«, sagte Valdez, »in einer halben Stunde bist du in den Bergen und in einer Stunde am Meer.«

»Kannst ja herziehen, ist demnächst vielleicht sogar besser«, meinte Velasquez.

Der Pilot brachte die Maschine nicht weit von der flachen, provinziell anmutenden Empfangshalle zum Stehen. Die Passagiere erledigten die einfachen Zollformalitäten und standen etwa eine halbe Stunde nach der Landung vor dem Flughafen. Valdez und

Salazar warteten vor dem grauen Betonbau. Es dauerte nur einige Minuten, bis ein dunkelblauer Pontiac vor ihnen hielt. Die Seitentür des Wagens ging auf, die beiden Männer warfen ihre Taschen ins Innere des Wagens, stiegen ein, und der Wagen fuhr an.

»Herzlich willkommen in Chile«, begrüßte sie ein etwa fünfzig Jahre alter Mann.

»Wir fahren nicht nach Santiago rein, wir haben in Viña mehr Ruhe.«

Viña del mar ist ein am Pazifischen Ozean gelegenes Seebad, das über eine gut ausgebaute Autobahn von Santiago aus innerhalb einer guten Stunde zu erreichen ist. Bereits während der Fahrt sprach man vom Geschäft. Galvan fragte, welche Art von Waffen seine Gäste benötigten, bis wann und in welcher Menge. »Ich werde einige Zeit brauchen«, sagte er, als er erfahren hatte, welche Wünsche seine Besucher hatten. »Fünf Raketen haben wir natürlich nicht auf Lager; ich muß da meine Kontakte zum Militär nutzen, aber die Details interessieren Sie wohl kaum.«

Nach etwas über einer Stunde durchquerte der Wagen den verschlafen wirkenden Badeort. Kleine europäisch anmutende Häuser, saubere Straßen, ein Bahnhof im Zentrum, ein Badeort wie viele andere. Galvan hielt vor einem flachen Bungalow.

Er bat die Männer ins Haus.

Cabezas Verfolger kehren ins Lager zurück

In der Nacht zum Donnerstag kehrten auch Costas und seine Leute in das Urwaldlager zurück. Sie hatten Cabezas Versteck nicht finden können. Sie trafen sowohl die aus Chile zurückgekehrten Velasquez und Valdez an als auch weitere Gruppenmitglieder.

Sie sahen die erstaunten Blicke in den Gesichtern der etwa zehn im Planungsraum versammelten Männer, als sie hereinkamen.

Valdez wandte sich den erfolglosen Genossen zu. »Habt ihr sie?« fragte er scharf.

»Nein«, antwortete Costas, »der Vorsprung wird zu groß gewesen sein.«

Valdez kam lauernd einige Schritte näher.

»Sag mir, Freund Costas, du steckst doch nicht mit diesem Hurensohn unter einer Decke? Verdammt, wir haben die Veröffentlichung an die Presse gegeben. Wenn Cabeza zum Präsidenten geht, wissen die, daß wir Trouble haben. Wir müssen ihn abfangen, bevor er nach Hause kommt.«

Smith wäre es lieber, er könnte die Waffen in Bogota besorgen

In New York hatte sich eine seltsame Routine eingespielt. Das morgendliche Frühstück, die Besucher, die Geschichten, die ihnen erzählt wurden, die Fragen, alles wurde allmählich zur festen Gewohnheit.

Sie lernten Pete Townsend kennen, einen Mann, den Smith als ›Befragungsexperten‹ bezeichnete. Greenberg erklärte Arroyo, was darunter zu verstehen war.

Townsend war Experte für Folterungen.

Außer Townsend hatten sie Carl Whitherspoon gesehen, den letzten derjenigen, die Smith kannte.

»Wie war noch gleich der seltene Name«, hatte Whitherspoon gefragt, als er Smith begrüßte, »John Smith, nicht wahr?«

Das Auffallendste an ihm war sein korrekter Anzug. Er trug einen dunkelblauen Anzug mit weißem Hemd und Krawatte. Die Haare in der Mitte gescheitelt und mit Pomade an den Kopf geklebt. Whitherspoon war in der Armee Scharfschütze gewesen.

»Genau so korrekt, wie er aussieht, schießt er jedem auf hundert Meter eine Kugel zwischen die Augen«, sagte Smith, als Whitherspoon gegangen war.

Am Montag erschien eine Reihe von Leuten, die Smith nicht kannte. Sie wurden ihm durch Vermittlung eines CIA-Freundes geschickt. Er konnte keinen von ihnen gebrauchen. Am Montagnachmittag sagte er zu Greenberg: »Wir haben heute abend noch eine heikle Mission vor. Ich habe eine Verabredung in der Bronx, du solltest mich besser begleiten.«

Um 21 Uhr fuhren die beiden Männer in einem Taxi in die verrufene Gegend.

Beim New York Mental Hospital bog der Wagen vom River Parkway ab und fuhr in die Bronx. Sie passierten einige fast zerstörte Straßen und landeten nach einigen Kurven in der Eastchester Road. Düster lag die menschenleere Straße vor ihnen. Die Gaslaternen glimmten matt. Ein abbruchreifes Haus stand neben dem anderen.

»Wo soll ich Sie absetzen?« fragte der Fahrer ängstlich. Ihm war anzumerken, daß er diesen Stadtteil, der nur noch von den Ärmsten der Armen bewohnt wurde, so schnell wie möglich verlassen wollte. »Wenn es eine Hausnummer gibt, bei 120«, antwortete Smith.

Nachdem sie einmal auf und ab gefahren waren in dieser Stadtwildnis, hatten sie nur ein einziges Haus mit einer Hausnummer gesehen; es hatte die Nummer vierzig. Dort, wo man der Entfernung nach hätte vermuten können, daß hier einmal die Nummer 100 gewesen war, ließen sie den Wagen halten und stiegen aus.

Greenberg und Smith standen in der schmutzigen Einöde eines der gefährlichsten, verkommensten Stadtteile der USA und wußten nicht, ob sie ihren Geschäftspartner überhaupt antreffen würden.

Stille umgab sie. Es stank nach verrottetem Müll. Ab und zu huschte eine aufgeschreckte Ratte über die Straße und verschwand in einem der offenen Hauseingänge.

»Ungemütlich!« sagte Smith, dem die Anspannung anzumerken war.

»Verdammt, mir ist nicht wohl bei der Sache«, antwortete Greenberg.

Selbst die beiden hartgesottenen Männer überkam in dieser Gegend ein Gefühl der Hilflosigkeit.

Als sie, sich vorsichtig umblickend, in der Finsternis stehenblieben, bemerkten sie plötzlich, wie sich aus einer dunklen Toreinfahrt eine Gestalt löste und auf sie zukam. Ruhig sagte der Mann: »Die Herren der United Bullit Einkaufscompany sind herzlich willkommen.«

»Charly?« sagte Smith, der sich vergewissern wollte, tatsächlich seinen Telefongesprächspartner vor sich zu haben.

Jetzt stand der Mann vor ihnen. Es war ein riesiger Neger, der mit einer schwarzen Lederjacke und Lederhosen bekleidet war, und trotz der Dunkelheit, die sie hier umgab, trug er eine Sonnenbrille.

Die Männer begrüßten sich. »Na, dann woll'n wir mal«, sagte der Neger mit seiner Baßstimme und ging Smith und Greenberg voran zurück zum Torweg, aus dem er aufgetaucht war. Sie betraten einen unbeleuchteten Hinterhof, der von völlig verfallenen Häusern eingeschlossen war. Hierher drang kein Strahl der Straßenbeleuchtung mehr, alles lag im Dunkeln. Als sie auf eine in einen Keller hineinführende Tür zugingen, beleuchtete Charly den vor ihnen liegenden Weg mit einer Taschenlampe. Smith spürte plötzlich, daß sie nicht mehr zu dritt waren. Es hatten sich noch zwei von Charlys Leuten zu ihnen gesellt.

»Ihr entschuldigt«, kommentierte der Neger gelassen die Anwesenheit der beiden Männer, »du weißt ja, Smitty, die Welt ist so schlecht, wem kann man da noch trauen?«

Smith lief es eiskalt über den Rücken.

Die Situation war jetzt für ihn unkontrollierbar geworden, und das war etwas, was er nicht ertragen konnte.

Sie stiegen eine verfallene Kellertreppe hinab.

Charly öffnete drei Vorhängeschlösser, die an einer schweren Eisentür hingen. Die Männer betraten einen stickigen Raum.

Als die Tür verschlossen war, schaltete Charly das Licht an. 8 Neonröhren tauchten den Raum in gleißend helles Licht. Smith und Greenberg befanden sich in einem etwa 2000 qm großen Lagerraum. Zu ihrer Überraschung war er aufgeräumt und sauber. Offensichtlich lagerte Charly hier Waffen aller Art in fast unüberschaubarer Menge. Es war klar, daß Smith hier alles finden würde, was er brauchte.

»Tja, da staunt ihr, was?« sagte Charly stolz, als er die Überraschung seiner Kunden bemerkte.

»Allerdings«, antwortete Smith.

»Nun, mit guten Verbindungen zu den richtigen Stellen der Army läßt sich schon einiges machen«, grinste der Neger.

Unaufgefordert machten sich Smith und Greenberg daran, ihr Sortiment zusammenzustellen. Langsam gingen sie durch die langen, engen Gänge der sauber in Reih und Glied stehenden Metallregale. Auf einem Zettel notierte Smith seine Bestellung, während Charly am Eingang mit seinen Leibwächtern wartete.

Nach einer Stunde waren Smith und Greenberg fertig. Charly schaute auf die ihm überreichte Liste und runzelte die schwarze Stirn.

»Hy, Mann, was soll das denn werden? Habt ihr vor, die Armee des Staates aufzumischen, oder wie darf ich diese kleine Zusammenstellung hier verstehen?« fragte er verblüfft.

»Willst du das Zeug verkaufen, oder wachst du darüber, daß es nicht in unbefugte Hände kommt?« grinste Smith.

»Man wird ja wohl noch fragen dürfen«, antwortete Charly mit gespielter Entrüstung.

»Was soll's kosten?« fragte Greenberg.

Charly überflog die Liste und sagte: »300 000 Dollar.«

»Dir haben sie wohl ins Hirn geschissen«, sagte Greenberg. »Du weißt genau, daß das Zeug nicht mehr als hundertfünfzigtausend wert ist.«

Charly schwieg. Spannung lag von einer Sekunde auf die andere in der Luft.

»Schau mal«, sagte Charly, »ihr braucht etwas, was ich habe, und ich mache die Preise.«

Smith biß die Zähne zusammen. Was sollte er jetzt tun? Mußte er versuchen, einen anderen Lieferanten zu finden und damit das Risiko eingehen, möglicherweise keine Waffen mit auf die Reise nehmen zu können, sie also in Kolumbien beschaffen zu müssen? Viel Zeit blieb ihm nicht mehr. Aber er wollte diesen erpresserisch hohen Preis nicht zahlen. Charly hatte an Hand der Liste offenbar erkannt, daß eine große Operation bevorstand, und entsprechend war der Preis.

Smith entschloß sich zu pokern. »O.K.«, sagte er,

»beenden wir das Palaver. Du weißt, daß dein nächster Großauftrag Monate auf sich warten lassen kann. Ich zahle 150 000, nicht einen Cent mehr, oder ich suche mir einen anderen Lieferanten.«

Charly lachte. »Na, dann viel Spaß, auf Wiedersehen.« Dabei machte er eine Bewegung, die andeutete, daß das Gespräch für ihn beendet war.

Er ging zur Tür und öffnete sie. Als Greenberg und Smith jedoch im Begriff waren, in den dunklen Flur hinauszutreten, meldete sich Charly. »Also, sagen wir, 200 000«, sagte er.

»O.K.«, antwortete Smith kühl, »gezahlt wird bei Lieferung. Ihr holt uns mit der Ware im Hotel ab, fahrt mit Greenberg zum Flughafen, lagert die Waffen bis zum Abflug.«

»Lieferung Freitag, 12 Uhr«, sagte der Neger und schlug Smith auf die hingehaltene offene Hand, zum Zeichen dafür, daß der Deal perfekt war.

Macht Smith Fehler?

Routine beherrschte den nächsten Tag in New York. Leute kamen und gingen. Smith konnte sich bis zum Nachmittag für drei Bewerber entscheiden. Einen Chinesen namens Morgan, ein perfekter Karatekämpfer, die beiden anderen waren Brüder. Jeff Ohlson war ein vietnamerfahrener Kämpfer, der seine Visitenkarte mitten im Gesicht trug. Vom linken Ohr bis zum Mundwinkel zog sich eine tiefe, breite Narbe, die seiner Erscheinung etwas außergewöhnlich Brutales gab. »Wir brauchen auch fighter«, hatte Smith gesagt, als Greenberg ihn fragte, warum er ihn mitnehmen wollte. Ohlsons Bruder war ein eher unscheinbarer Bursche, der sich permanent im Windschatten seines Bruders aufhielt. Er sei harmlos, meinte Smith, aber man müßte schon beide einkaufen.

»Scheint ja eine erlesene Truppe zu werden«, sagte Arroyo, als sie gegangen waren.

Im Lauf des Tages stellten sie noch einen Söldner ohne spezielle Fähigkeiten ein, und das war's dann. Die Truppe war komplett. Smith gefiel es nicht, außer Greenberg keinen engen Vertrauten mehr im Team zu haben. Er schlug deshalb vor, einen Freund aus Miami zu holen. Er sei ebenfalls früher in den Diensten des CIA gewesen und außerdem von Beruf Arzt. »Und das kann bei einer Mission wie dieser ja nie schaden«, sagte er.

Der Name des Mannes war Bernd Hellmeister.

Smith nahm noch am gleichen Tag Kontakt zu ihm auf. Hellmeister sagte zu, Smith's Truppe an ihrem Abflugtag nach Bogota am Flughafen Miami zu treffen.

Smith hatte das dringende Bedürfnis, eine Weile allein zu sein und fuhr hinunter ins Lobby-Restaurant. Das elegante, in Art und Stil eines Wiener Kaffeehauses eingerichtete Restaurant des Hotels war am frühen Nachmittag bereits gut besetzt.

Die Rolltreppe, die von der auf der Ebene der Straße gelegenen Eingangstür heraufführte, transportierte die Gäste wie ein Förderband nach oben. Smith wunderte sich über die erscheinende Truppe. Zu seinem Erstaunen brachte das Förderband anfangs eine junge Frau nach der anderen in die Halle. Je mehr Frauen sich vor der Rezeption versammelten, desto mehr Fotografen erschienen. Vor wenigen Minuten noch war es relativ still gewesen. Jetzt standen vor der Rezeption ungefähr 25 junge Frauen, 12 junge Männer und einige ältere. Smith vermutete, daß eine ausländische Sportmannschaft angekommen war, die hier in New York zu einem Wettkampf antreten sollte. Da die Ruhe nun ohnehin vorbei war, beschloß er, seine Neugier zu befriedigen und sich die Szene aus der Nähe zu betrachten. Er zahlte seine Rechnung, faltete die Zeitung zusammen und schlenderte langsam die fünfzig Meter quer durch die Lobby hinüber zu der Gruppe.

Die Fotografen konzentrierten sich fast ausschließlich auf eine Frau. Außerdem fielen ihm die etwas verbiestert dreinschauenden Begleiter der Mannschaft auf, und Smith ahnte bereits, daß dies keine normalen Sportler sein konnten. Er hielt die älteren Männer, die die Gruppe begleiteten, für Sowjetfunktionäre.

Er beobachtete, wie einer der Männer an die Rezeption ging, eine Aktentasche auf die Theke stellte und einen Stapel Pässe aus der Tasche holte. Seine Vermutung wurde bestätigt, es waren Pässe aus der Sowjetunion, die kannte er aus alten Zeiten. Nun begann ihn die Sache erst richtig zu interessieren. Er beugte sich zu einem Fotografen herunter und fragte: »Was ist denn das für 'ne Truppe?« Smith schaute dabei die Frau an, auf die sich die Fotografen konzentrierten. In der Sekunde, in der er auf die Antwort des Fotografen wartete, traf ihn ein Blick aus den schönsten blauen Augen, die er je gesehen hatte. Der Blick traf ihn wie ein Schlag. Fast hätte er nicht gehört, was der Mann antwortete: »Was, das wissen Sie nicht, Mann? Das ist das Bolschoi Ballett aus Moskau.«

Wie durch einen Nebel gelangte die Stimme an sein Ohr. »Ach ja?« murmelte er und schaute die blonde Frau an. »Und die Blonde da drüben«, ergänzte der Kleine, »das ist die Jawjetzkaja, die Primaballerina.«

Wie durch einen Wattebausch in den Ohren hörte es Smith, denn der Star der Truppe schaute ihn an. Ruhig und gelassen stand sie da. Sie war etwa 168 cm groß, hatte ein ovales Gesicht, große dunkelblaue Augen, eine leicht gebogene, feine Nase und einen vollen, schön geformten Mund. Ihr glattes, blondes Haar trug sie eng am Kopf anliegend zu einem Pferdeschwanz gebunden. Sie trug eine einfache, beigefarbene Baumwollbluse und weite dunkelbraune Cordhosen. Entspannt ließ sie den linken Arm hängen und stützte den rechten in die Hüfte. So stand sie inmitten des Trubels und der Hektik wie ein ruhender Pol.

Irre ich mich, oder schaut sie tatsächlich mich an? dachte er. Doch es gab keinen Zweifel, und es schien, als wenn sie ganz leicht zu lächeln begann, als sie seine Unsicherheit registrierte. ›Was soll ich tun?‹ dachte Smith. ›Es gibt nur eine Chance, mit ihr in Kontakt zu treten, jetzt sofort den Trubel nutzen.‹

Locker schlenderte er durch die herumstehenden Menschen hinüber zur Rezeption und ließ sich von einer der Damen hinter der Theke einen Nachrichtenblock geben. ›Call 1224, Smith‹, schrieb er auf den Zettel. Er faltete ihn zusammen und drängte sich durch die Mädchengruppe hindurch, um zum Fahrstuhl zu gehen. So nah wie möglich drängte er sich an die Jawjetzkaja heran. Plötzlich geriet Smith ins Stolpern, verlor das Gleichgewicht und fiel dabei direkt auf die Ballerina.

»Oh, sorry!« sagte Smith und hielt sie an den Armen fest. »Habe ich Ihnen weh getan?« Der inszenierte Zusammenprall gab ihm Gelegenheit, ihr das kleine Papierknäuel in die Hand zu drücken.

Der Vorfall hatte Aufsehen erregt, denn als sich beide wieder gefangen hatten, waren sie von vier Funktionären umringt, die Smith mißtrauisch betrachteten. »No, nothing happened«, sagte die Jawjetzkaja mit russischem Akzent.

»Es tut mir wirklich sehr leid«, beteuerte Smith.

Er fuhr nach oben und traf Greenberg in Arroyos

Suite an. Smith ging an den Kühlschrank, holte die Flasche Jack Daniels heraus, schenkte sich ein halbes Bierglas voll und trank es in einem Zug aus.

»Hy, man, was ist mit dir los?« fragte Greenberg.

Smith berichtete, was er in der Lobby erlebt hatte.

Rafael Vargas und die LPC: Ungleiche Gegner?

Während Smith und Arroyo in New York bereits an den Abflug nach Kolumbien dachten, traf Rafael Vargas auf seiner Hacienda im Süden Bogotas die Abreisevorbereitungen für seine Familie. Sein Sohn, Catarina und seine Frau sollten die nächsten Wochen nicht in Kolumbien verbringen. Er wollte sie nicht in der Gefahrenzone wissen.

Die Familie flog nach Frankfurt.

Am Morgen nach ihrer Abreise, an dem Tag, an dem der Präsident vom Tod seiner Tochter erfuhr, erschien Alfonso Perez, den Vargas damit beauftragt hatte, herauszufinden, wer für die Entführung seiner Tochter verantwortlich gewesen war, auf der Hacienda. Perez durchquerte die hohe Eingangshalle des Hauses und trat nach einem kurzen Anklopfen in Vargas' Arbeitszimmer ein. Der Don erhob sich aus einem der breiten Ledersessel und kam Perez entgegen.

»Was hast du herausgefunden?« fragte Vargas.

»Es scheint tatsächlich so zu sein, daß eine der politischen Gruppen für die Entführung verantwortlich ist.«

Vargas verzog nachdenklich den Mund und schwieg eine Weile.

»Wissen wir, welche Gruppe es war?« fragte er dann.

»Nein, wir gehen jetzt noch einigen Spuren nach. Ich denke, in den nächsten Tagen wissen wir mehr.«

»Da muß einer vollkommen durchgedreht sein«, sagte Vargas. »Da bringt einer mit so einem idiotischen Coup das gesamte Gefüge durcheinander. All das, worauf wir uns in den letzten Jahren stillschweigend geeinigt haben, gerät in Gefahr.«

Auf eine eigenartige Weise hatte sich in den letzten Jahren ein gewisses Gleichgewicht zwischen den einzelnen Gruppen herausgebildet. Die Kokainhändler und -produzenten wußten, daß sie von der Polizei kaum etwas zu befürchten hatten. In Caqueta, im Süden des Landes, standen ihre riesigen Produktionsstätten, es kümmerte offenbar niemanden. Für Transportzwecke und Sicherheitsdienste bedienten sich die Dealer häufig auch der Guerillas.

Die Terrorgruppen sahen die Kokainhändler als gute Geldbeschaffungsquelle an. Bisher aber hatte es niemand gewagt, Geld von einem der Drogenhändler zu erpressen. Der Staat hatte sich wahrscheinlich an die bestehenden Verhältnisse gewöhnt, auch wenn jeder Politiker beteuerte, nicht mit ihnen einverstanden zu sein.

»Machen wir es richtig, wenn wir gegen die Erpresser vorgehen?« fragte er mit fester Stimme.

»Wir werden jede zweite Woche so eine Zahlung zu leisten haben. Es wird sich herumsprechen. Vargas zahlt und schlägt nicht zurück. Wir können das nicht auf sich beruhen lassen, wenn wir die Organisation nicht gefährden wollen.«

Die Männer blieben noch einige Stunden zusammen und planten die nächsten Schritte. Sie wußten, daß Arroyo bald zurückkehren würde, und sie wollten vorbereitet sein.

Riskiert Smith zuviel?

Die Waffen wurden geliefert.

»Hy, Mister Smith«, dröhnte Charlys Bass durch das Telefon, »Ich bin in der Hotelhalle und hab' ein paar Raketen in der Hosentasche, soll ich sie 'raufbringen?« Einige Minuten später stand Charly in der Tür. Er machte sich nicht die Mühe, seine Lederjacke auszuziehen oder den Hut abzunehmen. Die unvermeidliche dunkle Brille saß auf Charlys breiter Nase, als er die weißbestickten schwarzen Lederstiefel auf die hellblaue Acrylplatte legte.

»Was habt ihr nur mit dem Zeug vor?« fragte Charly.

»Bist du vom FBI?« fragte Smith.

Charly lachte dröhnend. »Kaum«, sagte er. »Mit der Ladung, die da unten vor der Tür steht, könnt ihr 'ne halbe Armee ausrüsten.«

»Woll'n wir auch«, sagte Smith.

»Greenberg und Arroyo fahren mit euch raus zum Flughafen. Im Wagen wird er die Ware prüfen. Wenn ihr die Waffen im Lager verstaut habt, kommt ihr hierher zurück, Greenberg bleibt als Pfand bei deinen Leuten, bis du das Geld hast«, erklärte Smith.

»So soll es sein«, sagte Charly feierlich und nahm die Füße vom Tisch; Greenberg schloß sich ihm an, um zum New York Flughafen hinauszufahren.

Als Smith in sein Zimmer kam, bemerkte er, daß das rote Lämpchen an dem Telefon neben seinem Bett aufleuchtete.

Er wählte die Nummer der Rezeption. »Sir, eine Nachricht für Sie«, sagte eine helle Stimme.

Smith fuhr hinunter in die Lobby. Mit ruhigen Schritten durchquerte er die Halle. Die freundliche junge Dame übergab ihm einen offensichtlich im Hotel geschriebenen Brief, denn er steckte in einem Hyatt-Briefumschlag.

Smith ging zu einem Sessel, setzte sich und riß den Brief auf. Er sah zuerst auf die Unterschrift, es war eine Nachricht von ihr.

Die Jawjetzkaja schrieb: ›Mr. Smith, Sie wissen, wer wir sind. Wir geben ab Mittwoch der nächsten Woche 4 Vorstellungen in der Metropolitan Oper.

Merken Sie sich bitte eines, wir dürfen nie zusammen gesehen werden, das Ballett wird von KGB-Offizieren begleitet. Unser Zeitplan sieht heute abend ein Popkonzert von Neil Diamond vor.‹

Smith schaute auf die Uhr und las weiter. ›Wir werden im Block D unten sitzen. Morgen vormittag werden wir im Metropolitan Museum sein und am Nachmittag zur Freiheitsstatue fahren.

Ich bitte Sie inständig: Verhelfen Sie mir zur Flucht! Erwarten Sie mich heute nacht.‹

Smith war erregt; er spürte, wie er sich in etwas hineinziehen ließ, was nicht in seine augenblicklichen Pläne paßte. Aber diese Frau faszinierte ihn. Ihm war klar, daß er versuchen würde, ihr zu helfen, auch wenn es gegen alle Vernunft war.

Oliveira Barrilla's gefährlicher Besuch

Oliveira Barrilla, der Priester aus Hobo, hatte sich auf den Weg in das Hauptquartier der LPC gemacht. Ihm war nicht wohl in seiner Haut, als er sich von seiner alten Haushälterin verabschiedete. Vor dem Haus hatte Diego, ihr Enkel, mit seinem alten Motorrad auf ihn gewartet. Diego brachte Don Oliveira, wie er ihn nannte, zu der Stelle, von der aus der Priester den Weg zu Fuß fortsetzen mußte. Es war kurz nach 12, als er sich von dem jungen Mann verabschiedete und ihn bat, ihn in einigen Stunden an der gleichen Stelle zu erwarten. Ihm ging viel durch den Kopf in diesen Minuten, in denen er den Aufstieg zum Hauptquartier der Gruppe begann. Er dachte an seine Christenpflicht, die Nächstenliebe und die Angst, die ihn beinahe alles hatte vergessen lassen, als ihn Cabeza um diesen Gefallen gebeten hatte. In diesen Momenten, in denen er, trotz seiner Angst, begann, seine Pflicht zu tun, fühlte er sich besser.

Der Weg auf dem schmalen Pfad durch das Dikkicht wurde ihm schnell zur Qual. Der schwere, feuchte Boden, die unmenschliche Hitze, die hohe Luftfeuchtigkeit und die über den Weg hängenden Äste erschwerten ihm den Aufstieg. Langsam setzte er einen Schritt vor den anderen und fragte sich schon nach einigen Minuten, ob er es überhaupt schaffen würde, das Quartier auf dem Gipfel zu erreichen, als eine scharfe Stimme ihn aus seinen Gedanken riß, die »Quien es?« rief.

»Guerra por libertad«, sagte Barrilla laut. Es war die Losung, die ihm Cabeza genannt hatte, ›Krieg für die Freiheit‹, ein Hohn, hatte er gedacht.

Es dauerte eine halbe Minute, bis ein kleiner, gedrungener Mann vor ihm stand. Er hielt ein Gewehr direkt auf ihn gerichtet, während Barrilla, ohne dazu aufgefordert worden zu sein, die Hände hinter dem Kopf verschränkte.

»Ich habe eine Nachricht von Frederico Cabeza zu überbringen«, sagte Barrilla mit leidlich fester Stimme. Das reichte, der Wachmann zeigte mit dem Gewehr bergaufwärts und ließ den Priester vorgehen. Erst nach gut zwei Stunden erreichten sie das Lager. Barrilla wurde in die Hütte geführt. Er schaute in die Runde und sah, wie sechs Männer sich ihm neugierig zuwandten.

»Was soll das denn?« fragte einer von ihnen, »sind wir jetzt eine öffentliche Unterkunft?«

»Er sagte, er wolle dich sprechen«, sagte der Wachmann. »Er hat eine Nachricht von Cabeza.«

»Also, ich bin Henry Valdez, was hast du mir zu sagen?«

Oliveira schaute zu dem Riesen auf, blickte in sein schmutziges Gesicht, sah die dreckstarrenden Haare. Sah er auch Unsicherheit in Valdez' Blick oder täuschte er sich? Jedenfalls war dieser Mann nicht so stark wie er sich gab, das wußte der Priester sofort. Er berichtete den Männern, was Cabeza ihm aufgetragen hatte. Valdez hatte sich wieder auf einen der Holzstühle gesetzt und hörte scheinbar geduldig zu.

»Und er verspricht also, das Mädchen nicht auszuliefern«, faßte er schließlich zusammen. »Das ist wenigstens etwas, immerhin macht er uns nicht vollkommen lächerlich. Wir haben damit immer noch ein Druckmittel in der Hand. Gut, also sag Cabeza, wir stellen die Jagd auf ihn ein. Sag ihm aber auch, daß er sich in jedem Fall vor der Gruppe verantworten muß.«

Oliveira Barrilla war froh, dem Ende seiner eigenartigen Mission so nah zu sein und nickte kurz.

»Und jetzt verschwinde, Alter«, sagte Valdez und lachte.

Barrilla verließ den Raum und machte sich am späten Nachmittag auf den Weg zurück.

Besuch

Ein leises Klopfen weckte ihn. Für ein paar Sekunden lang lag Smith erschrocken auf seinem Bett. Er registrierte seinen Zustand. Dann stand er schnell auf.

Es war kurz vor drei. Er öffnete die Tür.

In einem Bademantel stand die Ballerina vor ihm. Er roch den Duft ihres Haares, als sie sich ins Zimmer drängte und Smith spürte erneut, daß der Zauber dieser Frau ihn schon in Bann geschlagen hatte.

Er entschuldigte sich für seinen Aufzug. »Ich hatte mich nur einen Moment hinlegen wollen und bin eingeschlafen«, sagte er verlegen. Die Jawjetzkaja lächelte ihn an und setzte sich in einen der beiden großen Polstersessel.

»Smith«, fragte sie unvermittelt, »warum machen Sie das?«

»Tja«, sagte Smith, »dann werde ich das wohl emotional begründen müssen, daß ich mich in eine so heiße Sache eingelassen habe. Sind Sie übrigens sicher, daß Sie keinen Sender im Bademantel haben?«

Die Frau blickte ihn nur stumm und erschrocken an, schweigend schüttelte sie den Kopf.

Smith stand auf, beugte sich zu ihr hinüber und begann den Bademantel abzutasten. Er fand nichts. »Erzählen Sie mir, was Sie hier machen?« sagte sie.

Smith erwähnte kurz eine Gruppe Spezialisten, die er zusammenzustellen hätte und schloß: »Diese Leute werden am Wochenende an ihren Einsatzort in Südamerika geflogen.«

Elena Jawjetzkaja hatte still zugehört. Sie schien seine Story nicht zu glauben. Aber sie war klug genug, Smith nicht in Verlegenheit zu bringen.

»Und was haben Sie sich in bezug auf mich vorgestellt?« fragte sie.

»Der Abflug meiner Leute wäre die Gelegenheit für Sie«, sagte Smith. »Sie kommen einfach mit uns und verschwinden für einige Zeit.«

»Wie«, rief die Tänzerin lachend, »nach Südamerika wollen Sie mich verschleppen?«

Smith schwieg und dachte an die Reaktion der anderen. Sie würden von seiner Eigenmächtigkeit nicht begeistert sein. Er schaute die Frau an. Sie hatte die nackten Füße auf das schwarze Leder des Sessels gestellt und die Beine ganz nah an den Körper gezogen.

›Du meine Güte‹, dachte Smith, ›was ist aus dir geworden, du sitzt hier mitten in der Nacht mit einer fast nackten Primaballerina und redest, nichts weiter.‹

»Das ist das einzige, was ich Ihnen anbieten kann«, sagte er. »In Südamerika würde ich Sie an einen sicheren Ort bringen, bis wir unsere Aufgabe erledigt haben, dann können wir weitersehen.«

»Wie stellen Sie sich den Ablauf der Aktion vor?« fragte die Jawjetzkaja.

»Gibt es Zeiten, in denen Sie nicht beobachtet werden?«

»Im Grunde nur nachts«, sagte sie.

»Gut, dann müßte dafür gesorgt werden, daß wir in aller Frühe abfliegen. Sie müßten gegen vier Uhr morgens das Hotel verlassen. Ich würde in einem Taxi vor dem Hotel auf Sie warten.«

»Aber ich habe keinen Paß«, sagte die Russin ängstlich.

»Verdammt«, sagte Smith, »daran habe ich nicht gedacht. Dann müssen Sie mir noch ein Foto geben, damit ich das noch erledigen kann.«

»Was erledigen?« fragte sie verwirrt.

»Ihnen einen amerikanischen Paß machen zu lassen«, erwiderte Smith trocken und fügte hinzu: »Ich habe da meine Verbindungen.«

»Ich werde es versuchen«, sagte die Ballerina.

»Eines interessiert mich noch, warum wollen Sie nicht zur nächsten Polizeistation gehen und um politisches Asyl nachsuchen? Jeder hier wird Sie unterstützen. Ab übermorgen wären Sie ein Star der USA.« Die Jawjetzkaja blickte Smith erstaunt an. »Was für eine Frage, Sie haben doch sicher mitbekommen, wie die Leute hier mit Stars von drüben verfahren. Erst gibt es ein großes diplomatisches Lamento, die UDSSR beschwert sich offiziell und klagt die USA vor der Weltöffentlichkeit an, mich unter Druck gesetzt zu haben. Meine Leute verlangen, mit mir unter vier Augen reden zu dürfen. Dann werde ich unter psychischen Druck gesetzt und was weiß ich noch alles, und am Ende bin ich wieder in der UDSSR. Wenn ich das alles bedenke, halte ich Ihren Vorschlag, mit Ihnen nach Südamerika zu fliegen, für sehr vernünftig. Und um meine Karriere mache ich mir keine Sorgen. Was glauben Sie, was es gibt, wenn ich wieder auftauche.«

»Da haben Sie allerdings recht«, sagte Smith.

»Dann bleibt es dabei, am Freitagmorgen werde ich Sie in der Lobby um genau 4 Uhr morgens erwarten.« Damit war das Gespräch beendet. Beide waren sich darüber im klaren, daß sie sich in einer völlig irrealen Situation befanden. Smith ließ sich zum erstenmal in seinem Leben auf eine mehr als heikle Situation ein, nur weil er verliebt war.

Elena Jawjetzkaja war bereit, sich auf einen Mann zu verlassen, den sie erst seit ein paar Stunden kannte. Sie stand auf. »Gut«, sagte sie, »ich werde jetzt gehen.«

»Ja, das wird wohl das Beste sein«, murmelte Smith. Zögernd folgte er ihr bis zur Tür.

Lächelnd drehte sie sich zu ihm um. Vorsichtig beugte er sich zu ihr herunter. Sanft legte sie ihren Arm um seinen Nacken. Warm und weich fühlte er ihre Lippen auf seinem Mund. Smith nahm sie auf seine Arme und trug sie zurück ins Zimmer.

Ein Passagier mehr an Bord

Smith wurde vermißt.

Die drei anderen hatten sich angewöhnt, gemeinsam zu frühstücken.

»Was mag mit ihm los sein?« fragte Arroyo.

Greenberg ahnte etwas, wollte jedoch seine Vermutung nicht preisgeben.

»Warten wir noch einen Moment«, sagte er, »dann rufe ich an.«

Doch da kam Smith.

»Morning«, murmelte er und setzte sich zu den beiden.

Tiefe Ringe lagen unter seinen geröteten Augen.

»Tja«, sagte Greenberg, »man sollte es in deinem Alter nicht mehr mit Hochleistungssportlerinnen aufnehmen!«

Smith blickte ihn nur stumm und verschlafen an, bestellte Kaffee und lächelte.

»Also spuck's schon aus«, ermunterte ihn Greenberg.

»Wir nehmen am Freitag jemanden mit, der mit unserer Sache nichts zu tun hat«, antwortete Smith und erklärte den Gefährten die Einzelheiten seines Planes.

»Greeny, sorge dafür, daß wir heute abend eine Zusammenkunft haben können. Rufe alle an und sag ihnen, daß wir uns um 8 Uhr in Armandos Suite treffen.«

Smith wandte sich an Arroyo. »Kümmere du dich um einen Kontakt zur Botschaft, wir müssen die Kisten, die als Diplomatengepäck am Flughafen liegen, ohne Kontrollen an Bord bekommen.«

Dann stand er auf. »Abflug morgen früh sechs Uhr«, sagte er im Hinausgehen.

Des Präsidenten Leid

Der Tod seiner Tochter hatte Enrique Calderon schwer getroffen. Noch schwerer hatte seine Frau die Nachricht aufgenommen. Sie mußte in die Klinik gebracht werden. Man befürchtete Schlimmes, nachdem sie einen Nervenzusammenbruch erlitten hatte.

Mit zweien seiner Leute machte sich der Präsident am Donnerstag auf den Weg ins Krankenhaus.

Professor Archillano nahm sie am Portal in Empfang. Schnell durchquerten die vier die Eingangshalle und erreichten einige Minuten später das im ersten Stock gelegene Zimmer Magda Calderons.

Vorsichtig betrat der Präsident das Zimmer, zog sich einen Stuhl an das Bett und blieb minutenlang schweigend vor seiner schlafenden Frau sitzen.

Es dauerte eine Weile, bis sie erwachte. Aus unsagbar traurigen Augen blickte sie ihn an.

»War der Preis nicht zu hoch?« flüsterte sie.

»Waren diese Mörder in deinen Gefängnissen wirklich so wichtig, wäre es nicht möglich gewesen, einen anderen Weg zu finden?«

Calderon schwieg. Natürlich hätte es andere Wege gegeben. Man hätte verhandeln können. Aber genausogut wußte er, daß die Terrorgruppen jede Verhandlung als Eingeständnis der Schwäche des Staates angesehen hätten. Trotzdem fragte auch er sich, ob dieser Preis nicht zu hoch gewesen war. Hatte er gehofft, die LPC würde ein unschuldiges Mädchen nicht töten?

»Ich weiß erst jetzt, wieviel Leid diese Männer über unser Land gebracht haben«, sagte er. »Wir müssen diesem Treiben ein Ende bereiten, wir müssen mit diesem furchtbaren Kampf so schnell wie möglich Schluß machen.«

Seine Frau schaute ihn an und schwieg.

Er blieb lange bei ihr in dieser Nacht, hielt nur zärtlich und stumm ihre Hand.

Gibt es einen Weg zurück?
Smith macht sich Gedanken

In New York war es 23 Uhr geworden. Smith hatte die Zusammenkunft mit seinen Leuten hinter sich. Die vergangenen Tage hatten ihn geschafft: Das ständige Zusammensein mit den anderen, die ewig gleichen Fragen, die Schwierigkeiten, die noch vor ihm lagen, und zu allem Elena. Er war allein in seinem Zimmer, lag auf dem Bett und starrte an die Decke. Swing der dreißiger Jahre erklang leise aus dem Radio neben seinem Bett.

Warum mußte ich ihr gerade jetzt begegnen? fragte er sich. Warum stellen sich manche schönen Dinge des Lebens im falschen Moment ein? Werde ich es schaffen, zum erstenmal eine Frau, die ich liebe, festzuhalten, und wird es mir trotzdem möglich sein, den Auftrag zu erfüllen? Er versuchte, die Gedanken an die bevorstehenden Schwierigkeiten zu verdrängen, doch es wollte nicht gelingen.

»Ist es überhaupt sinnvoll, mit einer militärischen Aktion die Probleme eines Kokainhändlers zu lösen?« sann Smith nach. Ihm gingen Arroyos Worte durch den Kopf: »Den Staat können Sie vergessen, täglich werden Manager, Kinder und Politiker entführt, und die Polizei tut nichts. Wird nicht gezahlt, findet sie die Toten einige Wochen später in irgendeinem Graben.« Jetzt ging ein Mann für Recht und Gesetz in den Kampf, der den Staat fürchten mußte. Allerdings machte er es sehr geschickt und setzte keine Leute aus seinem Land ein, sondern holte sich Spezialisten, die sofort nach dem Coup wieder verschwanden.

›Wenn Elena auf dieser Reise etwas passiert, ist auch mein Leben zu Ende‹, dachte Smith.

Doch die Aktion mußte unternommen werden. Es geht nicht an, daß nahezu jeder gutgestellte Mensch befürchten muß, sein Kind irgendwann aus der Hand von Entführern befreien zu müssen. Arroyos Berichten zufolge war das Unternehmen sinnvoll. Seltsam war nur, in wessen Auftrag es unternommen wurde. Rafael Vargas setzte sich zwar in diesem Fall ausschließlich für seine eigenen Belange ein, löste damit aber auch ein Problem des Staates. Smith wußte, daß er bereits lange nach einer Rechtfertigung für seine Teilnahme gesucht hatte. Schon immer konnte er sich nur an Aktionen beteiligen, wenn sie guten Zwecken dienten. Seine Gedanken hinderten ihn eine ganze Weile daran, einzuschlafen. Gegen ein Uhr nachts fiel er endlich in einen tiefen, ruhigen Schlaf.

Muß die Flucht scheitern?

Schrill läutete kurz nach 3 Uhr das Telefon neben Smith' Bett. Verschlafen nahm er den Hörer ab und meldete sich. »Mister Smith, Sie wollten um 3 Uhr geweckt werden«, sagte frisch und freundlich die Telefonistin. Schlaff ließ er den Hörer auf den Apparat fallen und fiel selbst zurück ins Bett. ›Nur noch einen Augenblick schlummern‹, dachte er. Nach einigen Sekunden merkte er jedoch, daß er wieder einzuschlafen drohte, setzte sich mit Mühe aufrecht und schaltete das Licht an. Routinemäßig wickelte er das Programm ab, rasieren, duschen, Haare fönen, Eau de cologne, zog Socken und Jeans an, ein hellblaues T-Shirt, die schwarzen Schuhe und die schwarze Lederjacke. Er verstaute die wenigen noch im Zimmer herumliegenden Kleinigkeiten, und gegen 3 Uhr 45 saß er am Fenster seines Apartments. Aus seiner Reisetasche holte er eine kleine 38er Smith und Wesson heraus, öffnete das Magazin und prüfte, ob alle Kammern geladen waren. Er entsicherte die Pistole und steckte sie in die Brusttasche seiner weiten Jacke. Aus einem anderen Seitenfach der Tasche holte er eine Handgranate und ließ sie ebenfalls in der Jacke verschwinden.

Auch wenn die Jawjetzkaja ihm gesagt hatte, daß sie nachts nicht beobachtet würde, konnte er sich nicht vorstellen, daß die Aktion völlig reibungslos verlaufen würde.

Um 3 Uhr verließ er das Apartment und ging mit langsamen Schritten zum Fahrstuhl. Er fuhr in die Hotelhalle. Nur ein dreiköpfiges Aufräumkommando ging seiner nächtlichen Arbeit nach. Hinter dem Tresen der Rezeption saß ein Mann. Smith setzte sich auf eine der Sitzbänke und wartete. Um 4 Uhr hörte er, wie sich eine der 4 Fahrstuhltüren öffnete. Er sah Elena mit schnellen Schritten auf die Rolltreppe zugehen. Als sie an der Säule vorbeigehen wollte, hinter der er sich niedergelassen hatte, nahm er seine Tasche und stellte sich neben sie.

»Good morning, Mister Smith«, sagte sie sanft.

Dann stiegen sie die zum Ausgang führende Treppe hinunter und ließen sich von dem Nachtportier ein Taxi rufen. Es war 4 Uhr 15, als sich der Wagen in Bewegung setzte. Sie waren kaum 5 Minuten unterwegs, als Smith den ihnen folgenden Wagen bemerkte. Es wäre ja wirklich zu schön gewesen, dachte er, wenn alles glatt gelaufen wäre. Wortlos ergriff er Elenas Handtasche und kippte den gesamten Inhalt auf die Sitzfläche zwischen ihnen. Zum Vorschein kam das übliche Durcheinander: Taschentücher, Portemonnaie, Schminkutensilien, Kamm, Kleingeld und eine Brieftasche. Die Jawjetzkaja beobachtete Smith bei seiner Suche. Er wurde bald fündig. Auf dem Taschenboden spürte er eine kleine Ausstülpung. Er riß mit einem kurzen Ruck das Futter auf. Ein winziges Abhörgerät kam zum Vorschein. Er riß das Mikrofon aus dem Futteral und warf es auf den Boden.

Das Taxi fuhr jetzt direkt auf die Triborough Bridge zu. »Geben Sie mehr Gas«, sagte Smith zum Fahrer.

Die Jawjetzkaja hatte sich ganz in ihrer Ecke verkrochen und schaute Smith gespannt an.

Der Wagen wurde schneller und vergrößerte den Abstand zu den Verfolgern. Smith kurbelte langsam das linke Seitenfenster herunter.

Als ihm der morgendliche Fahrtwind kühl ins Gesicht blies, griff er in die rechte Seitentasche seiner Lederjacke und holte die Handgranate hervor. Sie brausten mit hoher Geschwindigkeit über die Triborough Bridge. Unter ihnen lag der Hudson River. Smith wußte, wenn man ihnen bis zum Flughafen folgen würde, wäre ihre Flucht dort zu Ende.

Mit einem kurzen, kräftigen Ruck entsicherte Smith die Granate. Mit einem lauten Knacken löste sich die Sicherung. Smith zählte leise: »Eins, zwei, drei.« Mit einer schnellen Bewegung streckte er den linken Arm aus dem geöffneten Fenster und ließ das kleine eiförmige Ding auf den Highway rollen. In schneller Fahrt entfernte sich das Taxi von der Granate, die wenige Sekunden später kurz vor dem Verfolgerauto detonierte. Geschockt von dem plötzlichen Lärm hinter ihnen trat der Fahrer auf die Bremse. Der Cadillac der Verfolger war von der Druckwelle und den umherfliegenden Granatsplittern schwer getroffen worden.

»Ich drehe um«, sagte der Fahrer, der nicht mitbekommen hatte, daß zwischen seinen Fahrgästen und der Verwüstung in etwa sechzig Meter Entfernung ein Zusammenhang bestand. Der Fahrer war von Splittern getroffen worden und hatte die Gewalt über das Fahrzeug verloren. Der Cadillac war gegen einen Brückenpfeiler gerast. Rauchschwaden stiegen aus dem Kühler empor. Die beiden Begleiter des Fahrers hatten die Seitentüren geöffnet, schienen jedoch zu verletzt zu sein, um aussteigen zu können.

»Ich glaube, es wäre besser, wir fahren schnell zum Flughafen, um einen Krankenwagen zu beschaffen, denn es sieht mir ganz so aus, als wenn wir dort nicht mehr viel helfen können«, sagte Smith ruhig.

Der Fahrer ließ sich überzeugen und setzte die Fahrt in höllischem Tempo fort.

Kurz vor fünf Uhr morgens setzte er seine beiden Fahrgäste am Terminal 4 des Flughafens ab.

Der Treffpunkt lag am Terminal 5. Smith wollte die verbleibende Zeit nutzen, um die Jawjetzkaja auf ihre Begleiter vorzubereiten. Mit knappen Worten erklärte er ihr die notwendigen Zusammenhänge. Zu seiner Überraschung war sie nicht im mindesten schockiert von seinem Bericht. »Was glaubst du, was ich nach all deinen Andeutungen erwartet habe?« fragte sie lächelnd. »Nein, mein Lieber, ich weiß schon, daß ich nicht mit den Wiener Sängerknaben auf Tournee bin.«

Er lachte und spürte, wie sich seine Kehle verengte. Er wußte, daß er sie liebte. Er strich ihr mit seiner großen Hand über das Haar und zog sie zu sich herüber, bis ihre Körper sich sanft berührten.

Es war inzwischen kurz vor 6 Uhr. Sie standen auf, um zum Terminal 5 hinüberzugehen.

Als die automatische Tür sich geöffnet hatte, sah Smith die wartende Truppe bereits in der Halle stehen.

Greenberg war heute, im Vergleich zu seinem sonst üblichen Aufzug, sehr seriös gekleidet. Schon von weitem streckte er Elena seine Hand entgegen und sagte mit einem breiten Lächeln: »Herzlich willkommen; hat sich Mr. Smith auf der Fahrt hierher auch gut benommen?«

Die Russin lachte; Smith spürte, daß ihr sein Freund sympathisch war. Greenberg zog einen Paß aus der Gesäßtasche seiner rot-grünen Hose und reichte ihn Smith. Er blätterte ihn durch, prüfte die Arbeit und war zufrieden. Er reichte den Paß der Jawjetzkaja und sagte: »Ihr erster amerikanischer Paß ist leider falsch, Mrs. Winter.« Gemeinsam gingen sie hinüber zur Gruppe. Mit knappen Worten erklärte er den Männern, daß die Frau sie begleiten würde. Er erwartete keinen Widerspruch; es erhob sich auch keiner.

Kurze Zeit später transportierte sie ein kleiner Bus hinüber zur Maschine.

Sie hob um 7 Uhr vom John F. Kennedy Airport ab und nahm Kurs auf Miami, wo sie um 9 Uhr 20 landete. Bernd Hellmeister erwartete Smith an der Gepäckaufbewahrung des Terminal C.

Der Mann aus Miami

Die Rolltreppe führte direkt auf seinen alten Freund zu. Über das ganze Gesicht lachend stand der große, schlanke Mann vor der Gepäckaufbewahrung im Tiefparterre. Hellmeister wirkte sehr sportlich, sein Gesicht war von der Sonne Floridas leicht gebräunt. Insgesamt wirkte er so, wie man sich einen Vertrauensarzt vorstellt. Korrekt, offen und harmlos. Aber das täuschte.

Smith ging dem Freund mit drei langen Schritten entgegen und umarmte ihn herzlich.

Dann faßte er ihn am Arm, ergriff seine braune Ledertasche und zog ihn hinüber zur Rolltreppe. Es gab ein kleines Hin und Her um die Tasche, die Hellmeister Smith nicht tragen lassen wollte, doch man einigte sich. Smith ließ den Mann aus Miami spüren, wie sehr er sich über das Wiedersehen freute.

Auf dem Weg zurück durch die Abflughalle und Paßkontrolle erläuterte Smith ihm, wie die ihnen bevorstehende Aufgabe wahrscheinlich aussehen werde. Hellmeister hörte aufmerksam zu und sagte: »Wenn du wüßtest, was ich in den letzten 4 Jahren durchgemacht habe, würdest du nicht fragen, ob ich mich auf den Job freue. Ich war manches Mal am Rande der Verzweiflung. Dir kann ich das ja eingestehen. Einen Weg zurück gab es nicht, als Arzt und Chirurg durfte ich nicht praktizieren, weil ich keine Zulassung für die USA habe. Dein Anruf bedeutet die Rettung vor dem Tod durch Langeweile.«

Nach einigen Minuten erreichten die Männer das kleine Flugzeug. Smith hatte Hellmeister auf dem Weg dorthin über die Leute informiert, die ihn in der Maschine erwarten würden. Smith's Beschreibung der einzelnen Typen hatte ihn nicht sonderlich überrascht. »Mir war klar, daß du für einen solchen Job nicht Kadetten der Akademie Westpoint zur Verfügung gestellt bekommst.«

Einige Momente später hatten sie den Jet erreicht. Sie kletterten die Treppe hinauf und schlossen die Türen. Nach etwa zweieinhalbstündigem Flug tauchte die Pazifikküste Kolumbiens unter ihnen auf.

Der Priester erkennt, mit wem er sich eingelassen hat

Es war spät in der Nacht, als Diego Oliveira Barrilla wieder vor der Kirche in Hobo absetzte. Spärlich beleuchteten die Gaslampen auf dem Kirchenvorplatz das glänzende Kopfsteinpflaster. Kaum eines der Fenster in den umstehenden Häusern war erleuchtet. Nichts regte sich. Nur das Knattern des Motorrads störte die scheinbar friedliche Stille.

Der Priester verabschiedete sich und ging die wenigen Schritte hinüber zu seiner Wohnung. Diego fuhr davon. Der alte Mann hatte das Haus kaum betreten, als er hörte, wie ein Wagen scharf bremste. Der Priester war verwirrt. Von einer Sekunde auf die andere erfaßte ihn wieder die Angst, die er beim Aufstieg in das Lager der LPC empfunden hatte. Sollte er verfolgt worden sein?

Er kam nicht dazu, länger darüber nachzudenken. Krachend flog ihm die Eingangstür seiner Wohnung entgegen. Er fuhr herum und erschrak zu Tode, als er sah, wie drei der Männer, die er an diesem Nachmittag in der Hütte gesehen hatte, hereinkamen.

Wortlos begannen sie, die Wohnung zu durchsuchen. »Mitkommen!« befahl der kleine Bärtige und schob den eingeschüchterten Priester hinaus auf die Straße. »Du wirst uns durch die Kirche führen, wir wollen jeden Stein sehen, verstehst du?«

Sie begannen die schwach beleuchtete Kirche zu durchsuchen.

»Wie bin ich da nur hineingeraten«, fragte sich Barrilla.

Er hatte Valdez vertraut, als er sagte, die Jagd auf Cabeza würde eingestellt werden. Jetzt wußte er, daß es in diesen Kreisen weder Vertrauen noch Ehrlichkeit gab. Barrilla glaubte, daß niemand den Geheimgang finden konnte. So führte er die Eindringlinge bereitwillig herum.

Jede der dunklen Sitzreihen wurde abgeleuchtet. Nichts war zu sehen. Sie fanden den neben dem Altar liegenden Eingang zum Gewölbe und stiegen hinab. Auch hier war nichts zu finden.

Blieb nur noch der Glockenturm. Zwei Männer stiegen den Glockenturm hinauf. Barrilla hörte, wie die Treppenstufen unter ihren schweren Schritten knarrten. Er war ganz ruhig, dort konnten sie lange suchen. Die Männer kamen zurück. Sie fluchten. »Komm, Alter«, sagte der Bärtige, »wir müssen uns unterhalten.« Er stieß Barrilla mit drei Fingern vor die Brust. Barrilla krümmte sich vor Schmerzen. Er wich drei Schritte zurück, stieß gegen eine Bank. »Komm Alter, rede«, sagte einer der Männer. »Irgendwo hast du sie versteckt, rede.« Barrillas Gedanken wirbelten durcheinander. Sie würden ihn foltern, dachte er. Würde er stark bleiben können? Ein Priester betet in so einem Moment. Der fünfte Faustschlag, der ihm das Nasenbein brach, verfehlte seine Wirkung nicht. Langsam erhob sich Barrilla, Blut lief ihm über das Gesicht. Er wischte sich mit dem Ärmel über das Gesicht und stieg den Männern voran die Treppe hinunter. Er brauchte einige Sekunden der Orientierung, als er den finsteren Gang, der zur Geheimtür führte, erreicht hatte. Langsam setzte er einen Schritt an den anderen, dann zeigte er nur noch auf den geheimen Gang und lehnte sich erschöpft an das kalte, schmutzige Mauerwerk. Verräter, dachte er, elender Verräter. Die Männer gingen sofort daran, die Tür zu öffnen, doch sie erlebten eine Überraschung, das Versteck war leer.

»Mierda« – (Scheiße) – brüllte der Bärtige, drehte sich zu Barrilla um und schlug ihm erneut ins Gesicht.

Es schmerzt nicht mehr so, dachte Barrilla, man gewöhnt sich daran. Gott ist gnädig, dachte er.

Perez kennt die Täter

»Sie kommen heute morgen an«, sagte Vargas, als ihm Perez durch die Halle entgegenkam. »LPC« sagte Perez, noch bevor ihn der Don gefragt hatte.

Vargas schaute ihn ungläubig an. »Und du bist ganz sicher?« fragte er.

»Vollkommen sicher. Die Leute in Bogota haben den Toten identifizieren lassen. Es gibt keinen Zweifel, er gehörte zur LPC.«

»Und warum tun sie so etwas Unsinniges?« fragte Vargas. Perez schwieg einen Moment, dann sagte er: »Es scheint, als sei eine ihrer letzten Aktionen schiefgegangen. Sie wissen, diese Leute haben Calderons Tochter entführt und getötet. Vielleicht hätten sie keine sinnvollen Aktionen mehr durchführen können, wenn nicht große Geldmengen hereingekommen wären.«

»Aber es muß ihnen doch klar gewesen sein, daß ich die Dinge nicht auf sich beruhen lassen kann«, sagte Vargas ruhig. »Außerdem haben wir mit ihnen noch nie etwas zu tun gehabt, wir sind uns immer aus dem Weg gegangen.«

»Bleibt es bei dem geplanten Vorgehen?« fragte Perez.

»Es gibt keinen Weg zurück«, erwiderte Vargas. »Diese Leute haben einen Weg beschritten, über dessen Risiken sie sich im klaren sein müßten. Wenn wir es diesmal durchgehen lassen, werden wir in Kürze wieder zur Kasse gebeten.«

»Was ist mit den politischen Konsequenzen?« fragte Perez. »Wir sollten die Dinge so darstellen, als wäre der Staat dafür verantwortlich. Damit sind wir aus der ganzen Angelegenheit heraus.«

»Das hat zwei Seiten«, antwortete Vargas. »Wenn der Eindruck entsteht, nicht wir hätten die Sache bereinigt, sondern ließen den Staat die Arbeit machen, wäre der Abschreckungseffekt dahin.«

»Du hast recht, es darf auf keinen Fall so aussehen, als würden wir uns nicht selbst zur Wehr setzen.«

»Ich habe die nächsten Schritte schon geplant«, sagte Perez.

»Wir haben einen Namen. Oscar Cruz. Er ist Mitglied der LPC und soll dabeigewesen sein, als die Präsidententochter entführt wurde. Ich denke, wir sollten ihn befragen.«

Vargas lächelte, die Männer wußten, was sich hinter diesem Wort verbarg.

»Kümmer dich um die Leute, wenn die Maschine gelandet ist«, sagte Vargas, als er sich von Perez verabschiedete. »Bring nur Armando und den Boss der Truppe zu mir.«

Smith lernt Vargas kennen

Die aus New York kommende Mannschaft landete um kurz vor ein Uhr. Smith schaute aus dem kleinen Seitenfenster und sah nur saftiges Grün. Er hatte im ersten Moment den Eindruck, in einem großen Garten gelandet zu sein.

Der Copilot klappte die Treppe herunter, die Passagiere verließen die Maschine.

Schon nach wenigen Sekunden standen Smith die ersten Schweißperlen auf der Stirn. Feuchte Wärme umgab sie, hüllte alles ein. Es dauerte kaum eine Minute, bis sie einen Mann aus einem dunkelroten Backsteingebäude nahe der Rollbahn kommen sahen. Es war Perez. Mit schnellen Schritten eilte er auf sie zu.

»Todo bien?« begrüßte er Armando.

»Todo bien«, antwortete der und umarmte ihn.

Arroyo stellte Smith vor. Perez begrüßte ihn freundlich. »Der Don erwartet uns, wir müssen sofort 'rüberfahren«, sagte er und ergänzte: »Bitte sagen Sie Ihren Leuten, daß sie dort drüben in die Unterkünfte gehen sollen. Das Personal weiß Bescheid.« Erst jetzt hatte Perez die Frau entdeckt. Er schaute Arroyo an. Der zuckte mit den Schultern und sagte: »Laß uns das drüben besprechen.« Sie stiegen in Perez' Mercedes und fuhren hinüber ins Haus. Perez und Arroyo gingen allein in das Arbeitszimmrer Rafael Vargas! Sie ließen Smith und seine Begleiterin vor der Tür warten. Es dauerte eine ganze Weile, bis Perez wiederkam. Vargas stand auf, als sie den Raum betraten und kam ihnen entgegen. Er begrüßte zuerst die Frau, dann Smith. »Zeige der Dame ihr Zimmer«, wandte er sich an seinen Diener Carlo. Das war alles. Zehn Sekunden einer konventionellen Begrüßung, dann wurde sie hinauskomplimentiert. Die vier Männer waren unter sich.

»Sie sind gut«, sagte Vargas zu Smith. »Ich schicke meine Frau nach Europa, und Sie bringen Ihre Lady hierher.«

Smith schaute Vargas an. Er war beeindruckt. Ein gutaussehender Mann mit Charisma, dachte er.

»Ich gehe davon aus«, sagte Vargas, »daß Sie wissen, was zu tun ist.« Smith nickte.

»Die Truppe kann den Job auf jeden Fall so erledigen, wie Sie es wünschen, aber ich würde gern weitere Einzelheiten wissen. Señor Arroyo sagte mir, daß in der vorigen Woche noch niemand wußte, wer die Täter sind. Das war der Grund dafür, daß ich gesagt habe, ich würde unser Vorgehen darauf abstimmen, mit wem wir es zu tun haben.«

Vargas schwieg sekundenlang, dann sagte er: »Ich merke, Sie sind mit den Verhältnissen in unserem Land nicht vertraut, nur so kann ich mir erklären, wie Sie zu der Meinung kommen, daß es einen Unterschied macht, ob ein kleiner Ganove oder eine Organisation meine Tochter entführt hat und umbringt.«

»Es ist in Kolumbien so, daß es bei Mord eine Aufklärungsquote von 15 bis 20 Prozent gibt, bei Entführungen dürfte sie noch darunter liegen, und bei Raubüberfällen und Diebstählen wird die Zahl so klein, daß sie nicht mehr der Rede wert ist. Der Staat müßte dafür sorgen, daß diese Kriminellen hinter Gitter kommen. Nur, er tut es nicht. Und wenn er es wirklich einmal schafft, dann bleiben sie nicht lange dort. So ist die Realität in Kolumbien. Ich verdiene mein Geld auch nicht mit Unterwäsche. Aber Sie wissen auch, wer uns das Zeug, mit dem ich handele, abnimmt. Es sind Ihre Landsleute, und zwar monatlich tonnenweise. Kurz und gut, Ihre Aktion ist auch wichtig für unser Land. Täglich werden Kinder entführt und umgebracht, wenn die Angehörigen nicht zahlen. Und was tut der Staat dagegen? Nichts. Seit heute morgen wissen wir übrigens mehr. Perez hat Informationen.«

»Das ändert natürlich die Sachlage«, sagte Smith, als Perez mit seinem Bericht fertig war. »Und die Tochter des Präsidenten ist in dieser Woche getötet worden?«

»So lauten die Meldungen«, bestätigte Perez.

»So sind diese Leute«, sagte Vargas. »Wir müssen ihnen beweisen, daß es noch Kräfte in diesem Staat gibt, die ihnen Paroli bieten können.«

Smith stellte den Anwesenden dar, wie er sich die nächsten Tage vorgestellt hatte. Er wollte in einem kurzen Test die Fähigkeiten der Leute prüfen. Erst danach wollte er die Aufgaben verteilen.

Rafael Vargas teilte Smith abschließend kurz und knapp mit, daß die Frau, wie er die Jawjetzkaja nannte, im Hause wohnen bleiben würde, bis alles vorüber sei. Smith dagegen würde, genau wie Perez und seine Leute, im Gebäude der Wachmannschaften wohnen.

Perez selbst sollte eng mit ihm zusammenarbeiten.

»Ich erwarte übermorgen einen Bericht«, sagte Vargas abschließend und stand auf. Smith fuhr mit Perez hinüber in die Unterkünfte. Ein Diener führte Smith in sein im ersten Stock des Hauses gelegenes Zimmer.

Der Raum war spartanisch eingerichtet. Ganz schöne Umstellung, dachte Smith, vom Hyatt in die Kaserne. Er setzte sich auf den am Fenster stehenden Holzstuhl und schaute auf die üppige Vegetation vor dem Haus. Smith wußte, die folgenden Tage würden noch heißer werden.

Smith informiert seine Leute

»Hört mir mal zu, Männer«, begann Smith am anderen Morgen. »Ich glaube, ihr müßt wissen, mit wem wir es zu tun haben werden. Ich bin gestern darüber informiert worden, daß mit an Sicherheit grenzender Wahrscheinlichkeit die Terrorgruppe LPC für die Entführung von Vargas' Tochter verantwortlich ist. Erinnert euch: Vor ein paar Jahren hat die LPC international für Aufsehen gesorgt, als sie die amerikanische Botschaft in Honduras besetzten und die Veröffentlichung politischer Manifeste, Geld und Freilassungen erpreßten. Inzwischen tut die Gruppe in Kolumbien, was sie will. Der Staat setzt zwar das Militär gegen sie ein, aber erfolglos. Die politischen Ziele der verschiedenen Terrorgruppen sind im Grunde alle gleich. Sie wollen die demokratische Ordnung des Staates zerstören. Wir wissen jetzt, daß wir es mit zu allem fähigen Fanatikern zu tun haben werden. Sie zerstören, erpressen und morden. In der letzten Woche kam die Meldung, daß die Tochter des Präsidenten ermordet worden ist. Das ist also die Sachlage«, sagte Smith und fuhr fort: »Ihr werdet einsehen, daß das keine Gegner sind, die wir ohne gründliche Vorbereitung angreifen können. Hellmeister wird das Trainingsprogramm mit euch besprechen. Ich kann nur hoffen, daß ihr alle fit seid, sonst sehe ich schwarz.« Smith grinste Greenberg an.

»Carl, du kümmerst dich um den Sprengstoff«, sagte er zu Forbes. »Ich habe keine Lust, zu erleben, wie sich das Zeug hier in der Hitze selbst entzündet und unsere Ärsche zum Mond fliegen. Ab morgen gemeinsames Frühstück um sieben Uhr.« Die Männer standen auf, murmelten: »Alles klar«, und gingen hinaus.

Portillo beim Präsidenten

Während Smith und Perez sich am Samstagmorgen zusammensetzten, um Einzelheiten der Aktion zu besprechen, empfing Enrique Calderon seinen Verteidigungsminister Portillo. Er hatte um diese Unterredung gebeten, um den Präsidenten über die neuesten Aktivitäten aus dem terroristischen Umfeld zu informieren.

Als Portillo im Hause Calderons eintraf, raste ein Convoi von drei schweren Trucks durch die Wüste im Norden Chiles. Offiziell hatten sie Maschinenteile geladen. Tatsächlich transportierten sie Valdez' Bestellung. Noch knapp zwei Tage würden sie brauchen, um Bolivien und Peru zu durchqueren. Die Ladung sollte Montagnacht in der Nähe der kolumbianisch-ecuatorianischen Grenze übergeben werden. Von all dem aber wußten zu diesem Zeitpunkt weder Smith noch Calderon und Portillo.

»Es scheint, daß uns größerer Ärger bevorsteht«, eröffnete Portillo das Gespräch. »Meine Leute glauben, daß ein Überfall auf ein Staatsgefängnis vorbereitet wird, um alle dort einsitzenden Häftlinge aus der LPC zu befreien.«

»Das paßt ins Konzept«, sagte Calderon. »Erst versuchten sie es durch die Entführung meiner Tochter. Wann erwarten Sie den Überfall?«

»Das wissen wir nicht, aber allem Anschein nach spätestens in einer Woche.«

»Wie sollten wir vorgehen?« fragte Calderon.

»Ich schlage vor, alle Häftlinge in ein anderes Gefängnis zu verlegen«, antwortete Portillo.

»Verlegen, wozu führt das?« sagte er. »Nein, ich bin nicht dafür, ich glaube, wir sollten schon jetzt geeignete Gegenmaßnahmen beschließen und den Anschlag verhindern. In der Öffentlichkeit darf nicht der Eindruck entstehen, wir kapitulierten vor dieser Horde Unmenschen. Sorgen Sie dafür, daß die Sicherheitsvorkehrungen im Gefängnis verstärkt werden und die Häftlinge Sonderbewachung bekommen.«

Portillo dachte, daß der Präsident nicht hart genug war für eine solche Situation. Innerlich lehnte er ihn ab.

Smith's nächster Schritt

»So läßt sich's leben«, sagte Smith zu Perez. »Kolumbien ist ein herrliches Land. Zeigen Sie mir ein anderes, in dem Sie das ganze Jahr über Sonnenstrände und gleichzeitig fantastische Skipisten haben, wo das ganze Jahr über tropische Früchte wachsen und wo es gleichzeitig Urwald und Zivilisation gibt.« Smith mußte Perez recht geben. Und dennoch, in diesem schönen Land lag vieles im argen, das hatte er in den letzten Tagen erfahren.

»Wie sehen Sie die Aktion, die wir für den Don starten werden?« fragte Smith.

»Ich werde Ihnen den Hintergrund noch einmal erklären«, sagte Perez.

»Seit Jahren liegt der Staat mit den unterschiedlichsten Terrorgruppen im Kampf. LPC hier, ELP dort, EFLN da. Die Terroristen ihrerseits sehen im Staat ihren einzigen Gegner. Er wird mit den unterschiedlichsten Mitteln bekämpft. Der Staat kämpft zur Zeit einen aussichtslosen Kampf an zahlreichen Fronten. Er hat sich aber nicht nur mit den Terroristen auseinanderzusetzen. Wir haben eine sehr hohe Arbeitslosigkeit, die Wirtschaft muß funktionieren, damit es aufwärts geht. Dann gibt es die Kriminalität, derer man nicht Herr werden kann. Es gibt Legionen von Dieben, Räubern und Einbrechern, die für einen kleinen Nutzen bereit sind, ein hohes Risiko auf sich zu nehmen. Verstehen Sie mich nicht falsch, wir sind kein

Volk von Gaunern und Banditen. Doch herrscht eine weitverbreitete Armut, und die Menschen, die im Elend leben, denken oft nur daran, wie sie den nächsten Tag überstehen können. Dann gibt es noch eine Größe: das sind wir, die Kokainhändler. Es gibt seit Jahren ein Stillhalteabkommen mit der Regierung. Seit Jahren produzieren wir die von uns festgesetzten Mengen, exportieren sie, und das Geld fließt ins Land zurück. Niemand stört unsere Kreise, denn es sind wir, die gemeinsam mit dem Staat versuchen, die wirtschaftlichen Probleme des Landes zu lösen. Die Kokainmilliarden sorgen dafür, daß wir im Außenhandel liquide bleiben. Und was ist jetzt passiert? Irgendwelche Terroristen vergreifen sich an der Tochter des größten Kokainproduzenten des Landes, dabei muß ja das ganze Gefüge durcheinandergeraten. Indem wir diesen Angriff natürlich nicht auf sich beruhen lassen können und den Leuten, immer vorausgesetzt, es ist wirklich die LPC gewesen, auf den Pelz rücken, erweisen wir dem Staat, der ja ein vehementes Interesse daran hat, den Terror einzudämmen, noch einen Dienst. Wir übernehmen, indem wir dafür sorgen, daß solche Vorkommnisse sich nicht häufen, einen Job, um den sich der Staat selbst kümmern müßte, es aber, aus Mangel an Polizeikräften oder aus welchen Gründen auch immer, nicht kann.«

»Es fällt schwer, zu verstehen«, sagte Smith ruhig, »daß es sinnvoll sein soll, ein System mit Mord und Erpressung aus der Welt zu schaffen. Es will mir auch nicht in den Kopf, daß es keinen Ausweg aus diesem Teufelskreis gibt.«

»Wenn Sie es schon nicht verstehen können, dann

glauben Sie mir wenigstens, daß die diplomatische Art, Dinge zu erreichen, nicht kolumbianisch ist. Kolumbianer sind nun einmal mucho macho, wenn Sie wissen, was ich meine?«

Smith schüttelte den Kopf.

»Mucho macho heißt super-männlich und steht für eine ganz bestimmte Art, sich durchzusetzen, auf seinem Standpunkt zu beharren und den anderen in die Knie zu zwingen. Nur nicht nachgeben, heißt die Devise. Und so laufen die Auseinandersetzungen dann oft auf einen erbarmungslosen Kampf hinaus.«

Smith seufzte und dachte nach.

»Und was machen wir mit Cruz?« fragte er plötzlich.

Perez war von der abrupten Wendung des Gesprächs überrascht. »Ich denke, wir sollten ihn zu einem kleinen Gespräch bitten«, sagte er nach kurzem Überlegen.

»Freiwillig wird er nicht kommen«, antwortete Smith.

»Wir müssen ihn überreden«, lächelte Perez zurück.

»Wir werden Greenberg und Ohlson bitten, die Einladung für uns auszusprechen«, sagte Perez. Dann trennten die Männer sich.

Ist Cruz der richtige Mann?

Es war 10 Uhr 30 am Donnerstag, den 20. Juni 1985, als Ohlson und Greenberg den dunkelblauen Chevrolet von der Hacienda rollen ließen, um ihren Auftrag zu erledigen.

Die Straße führte durch das heiße Gebiet der Tierra Caliente. Sie erreichten die vor Bogota liegenden Industriegebiete am späten Nachmittag.

Greenberg lenkte den Chevrolet durch den zäh dahinfließenden Verkehr in die Stadt hinein. Sie hatten beschlossen, für die eine Nacht nicht Vargas' Stadtwohnung in Anspruch zu nehmen, sondern sich lieber in einem kleinen, unscheinbaren Hotel aufzuhalten. Cruz sollte in einem Apartment in der Carretera 46 wohnen.

Eine Viertelstunde später parkten sie den Wagen auf dem hinter dem kleinen Hotel gelegenen Parkplatz, nahmen ihre ledernen Reisetaschen vom Rücksitz und gingen hinein. Das Gelände machte keinen besonders vertrauenerweckenden Eindruck, denn das Gemäuer des fünfstöckigen Hauses hätte eine Renovierung bereits seit Jahren bitter nötig gehabt. Die junge Dame hinter dem schäbigen Holztresen machte dagegen einen freundlichen und frischen Eindruck, als sie die beiden Gäste empfing.

Es war fünf Uhr nachmittags, als sie in Greenbergs Zimmer einen Stadtplan von Bogota ausbreiteten, um ihre Aktion zu planen.

Gegen neun Uhr abends machten sie sich zu Fuß auf den Weg und hatten nach etwa zwanzig Minuten die Carretera 46 erreicht. »Nur Lebensmüde machen hier Spaziergänge«, sagte Ohlson, als sie die nur schwach erleuchtete Straße entlanggingen. Autokarawanen hüllten sie in eine stinkende Abgaswolke ein.

Sie schlenderten die Calle 46 hinauf, ohne vor Cruz' Haus stehenzubleiben.

»Nichts besonderes gesichtet, nur der übliche Wachmann«, sagte Ohlson, »sollte kein Problem sein, ihn abzuholen.« Greenberg stimmte zu, wollte sich das Haus jedoch noch einmal ansehen. Sie gingen zurück.

»Wir müssen an dem Wachmann vorbei, wenn wir 'reinwollen. Das ist die einzige Hürde. Ich denke nicht, daß wir Schwierigkeiten bekommen«, sagte Greenberg, als sie zum zweitenmal das Haus passiert hatten.

Sie kehrten zurück ins Hotel, nahmen den Wagen und fuhren hinauf zur Carretera Septima. Sie fanden das Gran Vitel, ein in einer alten Villa untergebrachtes Nobelrestaurant und ließen sich von dem deutschen Koch verwöhnen. Er sei aus Berlin, meinte der Koch, Greenberg war's egal; er mochte ›Hamburger‹.

Flucht aus Hobo

Kurz nachdem Oliveira Barrilla an jenem Morgen aufgebrochen war, um sich in das Lager der LPC zu begeben, hatten Carla Calderon und Frederico Cabeza ihr Versteck unterhalb der Kirche verlassen.

»Wir müssen weg hier«, hatte er gesagt, als er vorsichtig die Tür des Verschlags geöffnet hatte. »Wenn er heute abend zurückkommt, wird er nicht allein sein.« Sie schlichen den finsteren, kühlen Gang entlang, bis sie an die Treppe kamen, die zum Kirchenseitenschiff hinaufführte, stiegen die Treppe hinauf und standen wenig später vor der massiven Holztür. Sie verließen die Kirche. Ohne zu zögern zog er Carla die Treppe hinunter. Bald waren sie in der neben dem alten Gebäude verlaufenden Seitenstraße verschwunden.

Carla Calderon wußte nicht, warum sie sich in Cabezas Nähe immer sicherer fühlte. Es war eine Wandlung in ihrer Beziehung eingetreten. Die ständige Nähe, das Aufeinander-angewiesen-Sein, hatten eine immer größere Vertrautheit zwischen ihnen geschaffen. Frederico Cabeza war für sie schon lang nicht mehr der Entführer und potentielle Mörder, wie in jenem Augenblick, als er sie aus der stinkenden Hütte hinausführte, um sie zu erschießen. Er war ihr Retter geworden, der sein eigenes Leben aufs Spiel setzte.

Aus der Dankbarkeit war Bewunderung geworden. Ein zartfühlender Mann ist selten in dieser Machowelt, dachte sie, als sie auf der Schattenseite der Straße der Hauptstraße entgegengingen.

Frederico hatte die Wärme ihres festen, schönen Körpers gespürt. Er fühlte, wie sie, genau wie er, zitterte. Du mußt dich entscheiden, auf welcher Seite du stehst, dachte er, als er sie in der Dunkelheit umarmte. Ihm war immer klarer, daß er nie wieder zur LPC würde zurückkehren können.

Sie schlugen ein paar Haken in den engen, menschenleeren Gassen, behielten aber die Richtung auf die Ausfallstraße bei.

»Geh weiter«, sagte er plötzlich und ließ ihre Hand los. Sie blickte ihn an, verstand nicht und ging weiter. Cabeza war stehengeblieben. Er lehnte sich gegen die gelbe Mauer eines Hauses und beobachtete, wie sie sich langsam und zögernd von ihm entfernte. Dann, kaum drei Minuten später, löste er sich von der Mauer, ging die drei Schritte über den schmalen Gehweg hinüber zu einem am Straßenrand geparkten Chrysler, öffnete die unverschlossene Tür, stieg ein, machte sich an den unter dem Armaturenbrett verlaufenden Kabeln zu schaffen und startete den Wagen. Langsam folgte das Auto Carla.

Sie hatte sich nicht umgeschaut, sondern war immer geradeaus gegangen. Er stoppte den Chrysler neben ihr und ließ sie einsteigen.

Besuch bei einem Freund

Am Abend des nächsten Tages parkten Ohlson und Greenberg den Chevrolet um 22 Uhr in der Nähe des Hauses. Greenberg ging allein hinüber und näherte sich dem hinter einem flachen Holztresen sitzenden Wachmann.

»Señor«, sagte Greenberg mit seinem amerikanischen Akzent.

»Mi amigo Cruz ya está en casa?«

»Si, Señor«, antwortete der Mann.

»Soll ich Sie anmelden?«

»Nein, jetzt noch nicht«, sagte Greenberg, »ich hol nur noch schnell einen Freund ab und komme dann gleich wieder.«

Jeff Ohlson ließ den blauen Chevrolet an, und langsam fuhren sie die 100 Meter bis zum Tor der zum Haus Nr. 50 gehörenden Tiefgarage.

Das Tor wurde geöffnet.

Ein etwa 40 Jahre alter uniformierter Mann kam aus einem Häuschen. Er trat auf die Fahrerseite dicht an das heruntergelassene Fenster heran, bückte sich und blickte in den Wagen. In diesem Moment richtete Ohlson seine Pistole direkt auf ihn.

»Keine Zicken, Opa«, sagte Ohlson, »wir wollen einen Freund überraschen und möchten nicht, daß du ihm die Freude verdirbst.«

Der verstörte Mann stieg ohne Zögern in den Wagen, nachdem Ohlson ihm den Befehl dazu gegeben hatte.

»Nun, in welchem Stock wohnt unser Freund Cruz?« fragte Greenberg, als sie dicht beieinander im Fahrstuhl standen.

»Im zweiten«, antwortete der Wachmann.

Ohlson griff in die Brusttasche seiner Lederjacke und holte einen Briefumschlag hervor, den er sich von der jungen Dame an der Rezeption seines Hotels hatte geben lassen. Er gab ihn dem Wächter. »Wenn wir geklingelt haben, hältst du das vor den Spion, klar?« Der Mann nickte. Langsam gingen sie über den Flur.

Greenberg und Ohlson stellten sich, eng an die Wand gepreßt, neben die Tür, so daß durch den Spion nur der Wachmann mit dem Briefumschlag gesehen werden konnte. Ohlson drückte den Klingelknopf. Sie hörten hinter der Tür schlurfende Schritte näher kommen. Einen Moment lang war es still. Nichts geschah.

»Eine Nachricht für Sie, Señor«, rief der Wachmann.

In der Sekunde jedoch, in der Cruz seine Hand durch den Türspalt schob, um den Brief entgegenzunehmen, hatte er verloren. Greenberg packte den Knauf der Tür und zog sie mit einem kräftigen Ruck zu. Im gleichen Augenblick stach Ohlson sein schweres Messer durch Cruz' Hand und nagelte sie an der Tür fest. Als die Klinge durch den Handrücken drang, schrie Cruz laut auf. Jetzt ging alles blitzschnell. Mit voller Wucht stemmte sich der zwei Zentner schwere Ohlson gegen die nur noch durch die Kette gesicherte Tür. Sie sprang sofort auf und begrub Cruz unter sich. Sie waren noch keine zehn Sekunden in dem Apartment, da war der sich mit hektischen Bewegungen wehrende Mann geknebelt. Ohlson und Greenberg machten sich daran, nun auch den Pförtner zu fesseln und zu knebeln. Sie wußten, daß sich niemand aus den umliegenden Wohnungen herauswagen würde. Ohlson zog sein Messer aus der Tür und Cruz's Hand, und gab ihm ein Taschentuch zum Verbinden, bevor sie zurück in die Tiefgarage fuhren. Sie öffneten den Kofferraum des Chevrolet und warfen den gefesselten Mann hinein.

»Verdammt«, sagte Ohlson plötzlich, als sie durch die Finsternis nach Süden fuhren.

»Was ist los?« fragte Greenberg nach einer Weile, als Ohlson sich nicht weiter äußern wollte.

»Verdammt miese Verhältnisse, in denen ein Haufen Leute hier leben«, sagte er plötzlich.

»Stimmt«, sagte Greenberg. »Die haben nichts zu verschenken.«

»Scheißleben! Leben von der Hand in den Mund. Davon, was ein Fünfjähriger tagsüber als Marlboroverkäufer an der Straße verdient. Das kann's doch auch nicht sein«, sagte Ohlson.

»Wenn man den Dreck, die Unordnung, die Armut, den Hunger und den ganzen anderen Mist betrachtet, kann man die Terrortypen fast verstehen.«

»Es gibt leider keine Patentrezepte, das ist das Problem«, antwortete Ohlson, »wenn ich bedenke, was die sich alle von der Revolution im Iran und in Nicaragua versprochen haben und es mit dem vergleichen, was dabei 'rausgekommen ist, kann ich nicht mehr glauben, daß irgendeine Revolution diesen Menschen mehr Gerechtigkeit bringen kann.«

Gegen drei Uhr nachts erreichten sie die Hacienda und parkten den Wagen vor der nur mit einer schwachen Lampe beleuchteten Eingangstür der Mannschaftsunterkunft.

Greenberg ging hinauf, um Smith zu wecken.

»Ich komme«, sagte er nur knapp.

Drei Minuten später standen sie zu dritt vor dem geschlossenen Kofferraum.

»Bevor wir öffnen«, sagte Ohlson, »sollten wir Hellmeister rufen.«

Kurz darauf öffneten sie gemeinsam den Kofferraum.

Zusammengekauert lag Cruz ohnmächtig in seinem Blut.

Sie hoben ihn aus dem Wagen und brachten ihn in einen Raum im Keller des Gebäudes.

Hellmeister verband die Wunde sachgemäß.

Als er Cruz zu trinken gab, kam er zu sich und blinzelte in das gleißend helle Licht der an der Decke hängenden Glühlampe.

»Guten Abend, Señor Cruz«, sagte Smith freundlich. »Herzlich willkommen im neuen Heim!«

Smith erhielt keine Antwort; er hatte es auch nicht erwartet.

»Ich weiß zwar, daß Sie zur Zeit nicht ganz auf der Höhe sind«, fuhr er fort, »aber dennoch will ich Ihnen Ihre Situation klarmachen, so daß Sie eine Nacht lang Gelegenheit haben, über meine Vorschläge nachzudenken.«

»Ich weiß nicht, wovon Sie reden«, flüsterte Cruz.

»Dann werde ich es Ihnen sagen: Ich rede von Mord, Entführung und Erpressung«, sagte Smith hart.

»So ein Unsinn«, erwiderte Cruz, »ich werde nachts entführt, verschleppt und des Mordes bezichtigt, was hat das zu bedeuten?«

»Ich möchte jetzt schlafen gehen«, sagte Smith.

»Hör' genau zu, wir werden sie kriegen, die für die Entführung von Catarina Vargas verantwortlich sind. Schade dir nicht selbst und spiel nicht den Helden.«

Smith ging zur Tür und gab Greenberg ein Zeichen. Cruz wurde gefesselt. Er verbrachte die Nacht sitzend auf einem Stuhl. Das Licht blieb eingeschaltet.

Am Vormittag des nächsten Tages stieg Smith wieder hinunter, um die Befragung durchzuführen.

Als Smith den Raum betrat, fiel ihm als erstes der lange Holztisch auf, der übersät war mit Gerätschaften aller Art. Da lagen Drähte, Zangen und Schraubzwingen, ein Bunsenbrenner wurde aus einer kleinen Gasflasche versorgt. Das Ganze machte einen unheimlichen Eindruck auf Smith. Er hoffte, daß es auch auf Cruz seine Wirkung haben würde. Dessen Kleidung starrte vor Dreck und Blut. Das Gesicht war schweißüberströmt und von fahler Blässe. Wirr klebten die feuchten Haare am Kopf.

»Holt Wasser«, sagte Smith, »und sorgt dafür, daß er wieder fit wird.«

Cruz war offensichtlich bis an die Grenzen des Erträglichen erschöpft. Tiefschwarze Ränder lagen unter seinen Augen.

»Was hast du uns alles zu sagen?« eröffnete Smith das Gespräch, nachdem Hellmeister Cruz mit einem Lappen notdürftig das Gesicht gewaschen hatte.

Der Befragte warf ihm nur einen haßerfüllten Blick zu und schwieg.

Smith wendete sich Townsend zu: »Ich denke, es hat wenig Sinn, weiter Zeit zu verschwenden, übernimm die Gesprächsführung.« Und er fügte hinzu: »Sieh zu, daß du ihn nicht mit deinen Methoden umbringst.«

Die Männer hofften, Cruz zum Sprechen zu bringen, doch er röchelte nur: »Ihr habt den Falschen erwischt, ich hab' nichts mit der Sache zu tun.«

»Das habe ich schon zu oft gehört«, sagte Townsend und setzte die Tortur fort.

Smith bereitete der Folter schließlich ein Ende. »So kommen wir nicht weiter«, sagte er, »laßt uns die Sache noch einmal besprechen.«

Die Männer ließen den Ohnmächtigen allein.

»Wir sollten es gründlich machen, anders werden wir ihn kaum packen«, sagte Townsend.

»Hol' Hellmeister«, sagte Smith zu Greenberg.

Es dauerte nur einige Minuten, bis er mit ihm zurückkam.

»Ich?« fragte Hellmeister überrascht und angeekelt, als ihm klarwurde, daß Townsend ihn dazu veranlassen wollte, Cruz einen Hoden zu amputieren.

»Ja, du, verdammt«, antwortete Townsend, »oder glaubst du, für die Drecksarbeit sind nur wir anderen da?«

»Ich frage mich nur, ob wir uns wirklich auf dieses Niveau begeben müssen, um unsere Aufgabe zu erfüllen«, sagte der Arzt.

Er wußte, daß er das, was Townsend von ihm verlangte, auf keinen Fall tun würde. Smith kannte ihn zu gut, um nicht zu wissen, daß er den Bogen überspannt hatte.

»Wenn meine weitere Teilnahme an unserer Operation davon abhängt, werdet ihr auf mich verzichten müssen«, sagte Hellmeister und verließ den Raum. Die anderen schwiegen. Keiner hatte diesen Konflikt gewollt.

»Wo die Gewalt nicht hilft, muß mit List gehandelt werden«, sagte Smith schließlich.

Perez erschien kurz darauf in seinem Zimmer.

»Hat Cruz Geschwister, Eltern oder andere Angehörige?« fragte er, noch bevor Perez die Tür hinter sich geschlossen hatte.

»Soweit ich informiert bin, hat er zwei Brüder und drei Schwestern, aber warum fragen Sie?«

»Wir kommen nicht weiter«, antwortete Smith.

»Es würde zu viel Zeit kosten, einen seiner Angehörigen herzubringen. Wir sollten einen halben Tag verstreichen lassen und Cruz sagen, wir hätten seine Schwester oder seine Mutter hier. Das klingt zwar grausam, läßt sich aber nicht vermeiden.«

»Ich bin überzeugt, daß er dann reden wird«, sagte Perez, »es ist unwahrscheinlich, daß er das Leben eines Angehörigen opfert.«

Elena fordert Erklärungen

»Ich fühle mich wie eine Gefangene«, sagte Elena, als Smith am Tage nach Cruz' erster Befragung bei ihr erschien. »Seit wir hier angekommen sind, bist du nur einmal bei mir gewesen. Du hast gesagt, es sei eine kleine Aktion, die nicht länger dauert als drei bis vier Tage. Wie soll das weitergehen?« Sie sprach hastig und machte einen gereizten, nervösen Eindruck. Smith konnte sie bis zu einem gewissen Grade verstehen, wunderte sich jedoch über die hervorbrechende Aggressivität. Sie saßen nur wenige Meter voneinander entfernt, doch er hatte den Eindruck, als würden sie Welten trennen.

Irgend jemand muß ihr was gesteckt haben, sonst würde sie nicht so nervös sein, dachte er.

»Sag doch was«, bat sie, ruhiger werdend.

»Was soll ich schon sagen«, fragte er nach einer kleinen Pause.

»Du hast recht. Du sitzt hier, kannst dich nicht rühren, und es wird noch eine Weile dauern, bis wir wegkommen. Ich glaube nur, ich habe dir in New York schon gesagt, daß wir einige Zeit bleiben müssen. Ich wußte doch damals auch nicht genau, was uns erwartet. Jetzt sehen wir, daß die Aktion größere Probleme bereitet, als wir gemeint haben.«

Die Russin schwieg, schaute aus dem Fenster. »Ich habe doch nur Angst um dich. Carlo hat mir gesagt, was ihr vorhabt, deshalb bin ich so nervös.«

Smith stand auf und ging zu ihr hinüber. Er setzte sich auf das Bett und nahm sie sanft in seine Arme. »Ich hätte dich viel früher kennenlernen sollen, dann säße ich mit Sicherheit jetzt nicht hier. Du kennst mich noch nicht genug. Diese Angelegenheit ist auch für mich etwas Außergewöhnliches.«

»Werdet ihr die Leute, die ihr sucht, töten?« fragte Elena.

»Findest du, daß es richtig ist, wenn junge Mädchen von irgendwelchen Politfanatikern umgebracht werden?« fragte er zurück. Sie antwortete nicht.

»In diesem Lande herrscht in mancher Beziehung Anarchie. Man kann die Verhältnisse hier nicht mit normalen Maßstäben messen.«

»Wirst du Menschen töten?« wiederholte sie ihre Frage.

»Ich werde versuchen, nur dann jemanden zu töten, wenn ich nicht anders kann«, sagte Smith, »ich bin kein Mörder, wenn es das ist, was du hören wolltest.«

Sie schlang ihre Arme um ihn. »Ich will dir doch nicht noch mehr Probleme machen, als du ohnehin schon hast«, sagte sie. »Aber ich fand den Gedanken unerträglich, mit einem Mann zusammen zu sein, der ein potentieller Mörder ist.«

Smith senkte die Stimme und kam mit seinem Mund ganz nah an ihr Ohr heran, »Vargas will zwar, daß wir alle hochgehen lassen, aber ich denke, wir finden andere Wege«, sagte er leise.

Der Informant

Mit weit aufgerissenen, angsterfüllten Augen blickte Cruz den vor seiner Pritsche stehenden Smith an. Die gleißend helle Glühbirne hing genau über seinem Kopf.

»Das ist nicht wahr«, sagte er.

Smith schaute ihn unbewegt an. Gerade hatte er dem vor ihm Liegenden gesagt, daß sich seine Mutter in ihrer Gewalt befände.

»Wir haben sie in Bogota abgeholt«, sagte er, »sie ist an einem sicheren Ort. Wir werden sie noch heute freilassen, wenn wir die Informationen von dir bekommen, die wir brauchen. Wenn du nicht reden willst, werden wir sie töten.« Smith ließ Cruz einige Minuten Zeit zum Nachdenken.

Schweigend warf er sich hin und her und stöhnte laut auf. Endlich sagte er: »Was wollt ihr wissen?«

»Alles«, sagte Smith, zog sich einen Stuhl an die Pritsche und hörte zu.

Ausführlich begann Cruz darzustellen, wie die LPC organisiert war. Er machte Angaben zu Personen, Wohnorten und Plänen. Er hatte aufgegeben.

Auch die Namen derjenigen, die die Gruppe materiell und politisch unterstützten, gab Cruz bekannt.

Greenberg und die beiden anderen konnten später nur staunen, was für ein riesiger Apparat hinter dieser Terrororganisation stand.

Valdez trifft in Bogota seinen Mann

Am gleichen Abend hatten Salazar und Valdez, begleitet von vier ihrer Leute, das Quartier in Caqueta verlassen. Valdez und seine Männer machten sich auf den Weg nach Bogota, während Salazar sich in Richtung Süden in Bewegung setzte. In dieser Nacht würden die aus Chile kommenden Trucks die Grenze zwischen Ecuador und Kolumbien passieren. In dem Dörfchen Yacuanguer, eine halbe Stunde von der Grenzstation Ipiales entfernt, würden sie die Ware übernehmen.

Valdez traf gegen 22 Uhr in Bogota ein. Alberto Tena wartete vor dem Zuchthaus auf ihn.

Valdez ließ die Scheinwerfer aufblenden, als er den blauen Chevette Tenas auf dem dunklen Parkplatz stehen sah. Er stieg aus und ging durch die Finsternis ein paar Schritte hinüber, öffnete die Seitentür des Chevette und stieg ein.

In einiger Entfernung sahen sie durch die Windschutzscheibe die hell erleuchteten Mauern des Zuchthauses vor sich liegen, als Valdez »buenas noches, amigo« sagte.

»Warum diese Vorsicht?« fragte Valdez und spielte damit darauf an, daß Tena sonst nie etwas gegen ein Treffen in einer Kneipe einzuwenden hatte.

»Weil sich einiges geändert hat«, sagte Tena knapp. »Es gibt jetzt einen Sperrgürtel um das Zuchthaus, näher kommt niemand mehr heran. Seit ihr die Tochter des Präsidenten getötet habt, haben sie die Sicherheitsmaßnahmen verstärkt.«

Valdez schaute verblüfft auf den großen, zwischen ihnen und dem Gefängnis liegenden Sicherheitsabstand.

»Nichts ist mehr so wie vor einer Woche, wir müssen den Plan ändern. Wir können nicht mehr so vorgehen, wie geplant. Eure Leute müssen an dem Tag, an dem ihr sprengen wollt, die Dinge drinnen selbst in die Hand nehmen.«

Valdez und Tena gingen daran, alle Einzelheiten der Befreiung neu zu planen. In den frühen Morgenstunden trennten sie sich.

Smith erklärt den Plan

Einen Tag, nachdem Cruz geredet hatte, bat Smith Vargas und Perez um eine Unterredung. Am Nachmittag fand man sich in Vargas Arbeitszimmer zusammen. Nach einer kurzen, freundlichen Begrüßung faßte Smith die Ergebnisse zusammen. Es dauerte eine Weile, bis er alle Details, Personen und Orte einander zugeordnet und Verantwortlichkeiten erläutert hatte.

»Lassen Sie mich nun kurz unsere Vorgehensweise erklären. Dann sollten wir prüfen, ob und welche Möglichkeiten wir zur Absicherung haben.

Nach langer Diskussion sind wir gestern abend zu dem Ergebnis gekommen, daß es wenig Sinn hat, die gesamte Organisation der LPC zu zerstören. Die Gruppe hat Stützpunkte in vielen Teilen des Landes. Die Männer leben zum Teil in den Großstädten. Viele gehen einer geregelten Arbeit oder einem Studium nach. Der Versuch, alle oder zumindest einen großen Teil der Mitglieder zu erreichen, müßte fehlschlagen. Das Gros besteht aus Mitläufern«, fuhr Smith fort, »es kann uns nichts daran liegen, Leute umzubringen, die für den Bestand der Organisation und ihre Taten kaum von Bedeutung sind. Es wurden uns die Namen Valdez und Salazar, Brodin, Velasquez und andere genannt. Dann gibt es noch eine wichtige Person, die in nichts direkt verwickelt war, aber für alles verantwortlich ist. Der Mann heißt Orlandini und war

Soziologieprofessor an der Universität von Bogota. Ich will, daß dieser Mann zu den zu bestrafenden Personen gehört. Ohne ihn wäre alles vermieden worden, was in diesem Land in den letzten Jahren geschah.«

Smith holte noch einmal tief Luft: »Wir werden den Mann finden, der die Tochter des Präsidenten tötete und alle Männer, die sich an Catarinas Entführung beteiligten. Die Rädelsführer der Gruppe werden beseitigt. Eins möchte ich jedoch betonen, nach Möglichkeit werden wir es vermeiden, alle ohne Unterschied zu töten.«

Vargas überlegte kurz, dann fragte er: »Und was soll das heißen?«

»Das heißt, daß wir versuchen werden, sämtliche Täter vor ein ordentliches Gericht zu bringen.«

Der Don schaute Smith an, als traue er seinen Ohren nicht. »Sind Sie so naiv oder einfach dumm?« Er sagte es scharf und kalt. Smith fragte sich, was er eigentlich erwartet hatte.

»Die Angelegenheit ist für mich erledigt«, sagte Vargas.

»Sie haben dreißig Sekunden, sich zu entscheiden, ob Sie die Sache so durchführen, wie ich es für richtig halte, oder noch heute mit Ihren Leuten abfliegen.«

Smith wartete die halbe Minute nicht ab, er gab nach. Er fühlte sich schlecht und ziemlich schäbig.

Allmählich gewann er seine Fassung wieder und begann, die Strategie der Mannschaft zu erklären.

»Riskant ist nur, daß wir zur gleichen Zeit mit drei Teams an verschiedenen Orten operieren müssen, deshalb muß alles genauestens aufeinander abgestimmt werden.«

»Sind diese Leute im Norden denn so wichtig, daß wir sie unbedingt haben müssen?« fragte Perez.

»Doch, unbedingt«, antwortete Smith. »Einer der Entführer Catarinas lebt in Cartagena bei seiner Familie, der andere in Bogota, darüber besteht kein Zweifel. Dann ist da noch dieser Orlandini, der sich nach Cartagena zurückgezogen hat. Wir müssen außerdem vermeiden, daß diejenigen, die im Urwaldstützpunkt der Gruppe leben, von den Vorgängen in Cartagena oder Bogota hören. Dort sitzt der Kopf der Gruppe. Das Hauptquartier der LPC muß in jedem Fall zerstört werden. Der Lageplan zeigt, daß das Lager in einem dichten Urwaldgebiet bei Fuente de Oro liegt. Es wäre nützlich, wenn Sie uns einen Mann mitgeben könnten, der das Gebiet kennt.«

»Das ist nicht schwierig«, sagte Perez. Damit war der letzte Punkt erledigt; man trennte sich.

Guapi

»Wenn alles gut geht, sind wir am Nachmittag in Guapi«, sagte Cabeza, als sie die Stadt am Morgen verlassen hatten. So zügig es die schlechte Landstraße in Richtung Meer zuließ, entfernten sich Frederico Cabeza und Carla Calderon von Hobo. Ihr Weg führte sie durch einsames, hügeliges Gelände. Die Straßenränder waren dicht bewachsen. Cabeza vermutete, daß Valdez und seine Leute damit rechneten, daß er versuchen würde, nach Bogota durchzukommen, um Carla entweder dem Präsidenten zu übergeben oder um in Bogota unterzutauchen. Beides schien ihm unmöglich. So hatte er den Weg in Richtung Meer gewählt. Guapi war ein kleines, im Süden gelegenes Fischerdorf.

Sie saßen schweigend nebeneinander, als Frederico den mittelgroßen Wagen über die löchrige Landstraße lenkte. Carla blickte ihn von Zeit zu Zeit von der Seite an. Sie sah seine angespannten, von den Anstrengungen der letzten Tage gezeichneten Gesichtszüge. Die schwarzen Haare waren schmutzig und verklebt. Schweiß stand auf seinem Gesicht. Es roch nach Schmutz und schlechtem Atem. Sie sehnte sich nach einem Bad.

Endlich wieder in Sicherheit sein, dachte sie und fragte sich, warum er sie nicht der nächsten Polizeistation übergab.

»Und was geschieht in Guapi?« fragte sie.

Cabeza antwortete nicht. Er wußte, daß sie von ihm erwartete, nach Hause oder zumindest zu einer Polizeistelle gebracht zu werden.

»Wir werden uns an einem sicheren Ort verstekken«, sagte er schließlich.

»Und warum fahren wir nicht sofort nach Bogota, und du übergibst mich meinen Eltern?«

»Das wäre viel zu gefährlich. Sie würden uns unterwegs abfangen und töten.«

Die Erklärung leuchtete ihr zwar ein, doch war sie sicher, daß sie nicht die ganze Wahrheit enthielt.

»Wir müssen uns leider verstecken«, sagte Cabeza fast entschuldigend. Er ahnte, daß sie ihm mißtraute. »Ich kann dich nicht so einfach laufenlassen. Man würde sofort eine Großfahndung nach mir einleiten. Und ich möchte von diesen Schweinen nicht geschnappt werden. In einem Gefängnis in der Provinz zu sitzen, ist die Hölle.«

Er hoffte, es war ihm gelungen, Carla zu überzeugen. Doch seine Erklärungen hatten mit der Wahrheit nicht viel zu tun. Er hatte Barrilla Valdez ausrichten lassen, daß er weiterhin damit rechnen könne, den Präsidenten mit der Entführung seiner Tochter unter Druck setzen zu können. Cabeza hoffte, auf diese Weise mit der LPC zu einer Vereinbarung zu kommen, denn er wußte, wenn er diese letzte Chance nicht nutzte, würde er für den Rest seines Lebens ein Verfolgter sein.

Carla war sein Faustpfand. Er mußte Guapi erreichen, um von dort aus Kontakt zu Valdez aufnehmen zu können. Wenn nur alle Städte Kolumbiens so wären wie Guapi, dachte Cabeza. Sie sahen eine bunte

Ansammlung einfacher, kleiner Häuser mit roten Schieferdächern und enge Gassen. Das Dorf war eingeschlossen vom satten Grün wild wuchernder Pflanzen. Vor ihm lag der Pazifische Ozean.

Sie durchquerten die schmale, von windschiefen Häusern gesäumte Hauptstraße, die sie direkt an das Meer führte. Ein kühlender Wind blähte die aufgespannten Netze. Ein paar Fischer machten sich am Strand zu schaffen, Kinder spielten Ball, in der Nähe der Boote hatte sich eine Gruppe Frauen niedergelassen und flickte Netze.

»Ich hatte fast vergessen, wie schön es hier ist«, sagte Cabeza. »Keine Hektik, keine stinkenden Abgase, keine Gewalttaten, nur der Frieden eines ruhigen Lebens einfacher Menschen.«

»Es ist wirklich herrlich hier«, sagte Carla, »ich hatte den Namen des Dorfes noch nie gehört. Was hast du in Guapi zu tun gehabt?«

»Eines der Boote gehört meinem Onkel. Wir haben ihn früher oft besucht. Ich habe dort drüben oft Fußball gespielt«, sagte Cabeza und wies hinüber zu den spielenden Kindern.

»Wir sind zusammen zum Fischen hinausgefahren. Es war eine schöne Zeit.« Sie überquerten die Straße und standen schließlich vor einem flachen, weißgetünchten Gebäude. Cabeza klopfte. Es dauerte ein paar Sekunden, bis die Tür geöffnet wurde. Eine kleine, rundliche Frau stand vor ihnen, schaute sie verblüfft an und rief dann »madre dios, Frederico!« Stürmisch umarmte sie Cabeza. »Was machst du hier, wir haben uns Jahre nicht gesehen, wie geht es dir? Wie schön, dich zu sehen«, sprudelte es wie ein Wasserfall aus der Frau. Frederico lachte und sagte: »Darf ich dir Carla vorstellen?«

»Natürlich«, sagte Aba, Cabezas Tante, und umarmte Carla genau so herzlich.

»Kommt rein, Antonio wird bald da sein, der wird sich freuen.«

Sie betraten das einfach eingerichtete Haus, das Cabeza wie ein sicherer Hafen erschien.

Smith schickt seine Leute auf den Weg

Einen Tag später hatte Smith die Männer im Besprechungsraum versammelt.

»Ihr wißt, was zu tun ist«, schloß Smith seine Ausführungen. »Ich brauche wohl nicht zu erwähnen, daß bei dieser Aktion jeder von jedem abhängt. Wenn auch nur einer von uns nicht spurt, geht jedem von uns eine Million Dollar flöten.«

Smith wollte gerade die Versammlung beenden, als er Schritte auf der in die Mannschaftskantine hinunterführenden Treppe hörte. Wenige Sekunden später kam Rafael Vargas in die Kantine. Vargas begrüßte Smith kurz und wandte sich der Truppe zu.

»Ich wollte Sie nicht gehen lassen, ohne noch einmal kurz mit Ihnen gesprochen zu haben«, sagte er und fuhr fort. »Ich kann mir denken, daß einige von Ihnen die gestellte Aufgabe für verrückt halten. Ich halte diesen Gedanken für normal und bin gekommen, um Ihnen, bevor Sie aufbrechen, deutlich zu machen, warum meiner Meinung nach die Entführer bestraft werden müssen. Sie wissen, daß ich mein Geld nicht ausschließlich mit dem Verkauf von Kaffee verdiene?« Die Männer lachten, und auch Vargas konnte sich ein Lächeln nicht verkneifen. »Obwohl auch ich also eine Organisation leite, die kein normales Wirtschaftsunternehmen ist, gibt es für mich Regeln, die es einzuhalten gilt. So gibt es auch Verbrechen, die wir nicht dulden dürfen. Menschen, die

Kinder entführen, um mit dem erhaltenen Lösegeld Waffen für Terroristen zu beschaffen, bringen Unheil und Leid über das Volk.
Ich will Ihnen noch einmal klarmachen, daß Sie, wenn Sie Ihre Aufgabe erfüllen, nicht nur mich von weiteren Erpessungen befreien, sondern daß Sie auch unserem Volk damit helfen. Erfüllen Sie Ihre Aufgabe«, schloß Rafael Vargas seinen Appell, »kommen Sie gesund wieder, Sie werden reich belohnt nach Hause zurückkehren.« Nach diesen Worten verließ er den Raum.

Die Rucksäcke und Waffen waren bereits im Jet und in den Wagen verstaut. Vor der Unterkunft standen der weiße Range Rover und der Chevrolet Mannschaftswagen. Am äußeren Ende des Rollfelds ließen die Piloten die Turbinen des Jets warmlaufen, der Greenbergs Team nach Cartagena bringen sollte.

Smith ging auf Greenberg zu und gab ihm die Hand. Er schaute ihn an und sagte: »Paß gut auf, wir erwarten euch am Sonnabend um sechs Uhr abends, und zwar alle!«

Als der Jet abgehoben hatte, gab Hellmeister seinen Leuten das Zeichen zum Aufbruch. Sie gingen hinüber zu dem in etwa dreißig Meter Entfernung geparkten Range Rover und stiegen ein. Morgan startete den kräftigen Motor, und langsam ließ er den eleganten Wagen der Ausfahrt des Parks entgegenrollen. Der Wagen, der Greenbergs Mannschaft zum Startplatz gebracht hatte, war zurückgekehrt. Smith und seine Leute, Joseph Eagle, Ohlsons Bruder, Bill

Townsend und einige Männer aus Rafael Vargas' Wachmannschaft kletterten in den Wagen, der sie nach Fuente de Oro bringen sollte. Eagle lenkte ihn vom Gelände. Stille herrschte auf der Hacienda. Jeder wußte, die entscheidende Phase hatte begonnen.

Greenbergs Truppe in Cartagena de Las Indias

Nach fast zweistündigem Flug kam die Karibikküste in Sicht. Greenberg und seine Leute waren guter Stimmung. Dunkelblau und schäumend lag das Meer unter ihnen. Die weiße Gischt brach sich am weißen Strand, der von einer Wildnis tropischer Pflanzen umgeben war.

Der Jet setzte zum Landeanflug auf Cartagena de las Indias an, einer der schönsten Städte des südamerikanischen Kontinents.

Diese älteste Hafenstadt des Landes ist reich an Geschichte. In der zweiten Hälfte des 16. Jahrhunderts schon war sie zum wichtigsten Handelszentrum Südamerikas geworden und wurde wegen ihres Reichtums häufig von Piraten überfallen. Die Befestigungsmauern, die die Bewohner der Stadt damals zum Schutz vor Überfällen bauten, zeugen noch heute von dieser Zeit.

Die engen Gassen der Altstadt versetzten den Besucher zurück in die Zeit der Freibeuter und Seehelden. Die Holzbalkone der weiß getünchten Häuser lassen vergessen, daß eine neue Zeit angebrochen ist. Alles erinnert hier an die historische Bedeutung, die dieser Handelsplatz einmal hatte. Heute erinnert die Neustadt mit ihren Hochhäusern an die New Yorker City. Hier liegt das Geschäftszentrum, es ist der Stadtteil, der den Bewohnern zu ihrem relativen Wohlstand verhilft. Auch Vargas hat hier ein ›Kaffeexportbüro‹, von dem aus seine Produkte in alle Teile der Welt versandt werden. All jene, die in den Kokainhandel verwickelt sind, haben hier ihre Stützpunkte. Von Cartagena aus verschiffen sie die weiße Ware.

Vargas hatte hier hochseetüchtige Boote liegen, die angeblich einer Fischfangflotte angehörten. Sie brachten jedoch ausschließlich Kokain nach Nordamerika. Die Einrichtung dieser Flotte war in den letzten Jahren notwendig geworden, nachdem die bisher üblichen Transportwege nicht mehr sicher genug waren. Die Zollfahnder der USA und Europas entdeckten immer wieder größere Lieferungen auf den Schiffen und in den Flugzeugen. So mußte die Strategie geändert werden. Der Transport auf diesen Hochseejachten hatte sich als äußerst ertragreich herausgestellt. Die Gefahr der Entdeckung durch die Küstenwacht der USA blieb vergleichsweise gering, da die Ware an verschiedenen Plätzen der mehrere Tausend Kilometer langen Küste angelandet werden konnte.

Mit quietschenden Reifen setzte der Jet auf der Piste des Flughafens Cartagena auf.

Die kurze Gangway der Maschine wurde ausgeklappt. Die Mannschaft Harold Greenbergs entstieg der Maschine. Sie wurde von der etwa 30 Grad warmen, mit 90% Luftfeuchtigkeit angereicherten Karibikluft Cartagenas in Empfang genommen. Obwohl an warme Temperaturen bereits gewöhnt, merkten die Männer, wie ihnen der Schweiß ausbrach, als sie bepackt mit ihren Rucksäcken und den in Kisten verpackten Waffen den kurzen Weg zum Ausgang hinübergingen.

Bernardo Vincenza war einer der drei Leute, die

Greenberg aus Perez' Truppe ausgewählt hatte. Er stammte aus Cartagena und sollte den anderen helfen, sich im unbekannten Gelände zurechtzufinden.

Er verließ, allen voran, den mit einem grauen, etwa zwei Meter hohen Stahlgitter gesicherten ›baggage Claim‹.

Greenberg sah, wie er auf einen kleinen Mann zuging, der vor der Stahlabsperrung auf ihn wartete. Die beiden Männer begrüßten sich wie alte Bekannte. Marcel Hobo war Rafael Vargas' Mann auf den Islas del Rosario.

Nachdem Greenberg ihn begrüßt hatte und die gesamte Mannschaft ihm ein kurzes »Holá, como estás« zugerufen hatte, bestiegen sie die bereitstehenden Wagen.

Nach einigen Minuten Fahrt stoppte Hobo die Wagen an einem gegenüber der Laguna Cabrero gelegenen Holzsteg.

Als sie auf das an seinem Ende festgemachte Boot blickten, stockte ihnen der Atem.

Die Männer ließen die Wagen in einer Parkbucht stehen. Am nächsten Morgen würden sie sie wieder brauchen. Sie brachten ihre zwei Kisten und das Gepäck an Bord und ließen sich in die Polster fallen. Leise röchelten die nacheinander gestarteten Maschinen, als Hobo das Boot langsam in die offene See lenkte. Als sie sich etwa einhundert Meter vom Land entfernt hatten, schoß die Yacht in atemberaubender Fahrt nach vorn.

Die Islas del Rosario sind eine 40 Kilometer südwestlich vor Cartagena gelegene Inselgruppe. Viele der Reichen des Landes besitzen hier ihre eigene Insel, auf die sie ihre Villen gebaut haben. Diese Inseln waren das Ziel ihrer schnellen Fahrt.

Nachdem sie mehrere kleinere Inseln umfahren hatten, steuerten sie langsam auf einen Steg zu. Das Wasser da draußen war glasklar und gab den Blick frei bis auf den Grund des Meeres. Greenberg wußte, daß dies Rafael Vargas' Insel sein mußte, denn die Sicherheitsvorkehrungen, die das Haus umgaben, waren perfekt.

Durch die gläserne Eingangstür betraten sie das luxuriöse Haus. Zwei Diener nahmen sie in Empfang, transportierten die Kisten in den Kellerraum und die mitgebrachten Rucksäcke in die Gastzimmer.

Hobo führte sie in dem mit schwarzen Ledermöbeln eingerichteten Raum herum. Es schien fast, als wären sie in einem Museum, denn an den Wänden hingen zahlreiche Originalgemälde von van Gogh bis Picasso, und Statuen waren auf den Perserteppichen verteilt. Die Männer kamen aus dem Staunen nicht heraus.

Dann verstauten sie ihre mitgebrachten Sachen in den Zimmern. Eine halbe Stunde später hatte die Gruppe sich wieder versammelt. Die Diener im Salon staunten nicht schlecht über die kuriose Gesellschaft, die sich in den Sesseln flegelte. Besucher dieser Art schienen sie nicht oft zu haben.

»Wir schlagen heute abend zu«, eröffnete Greenberg die Besprechung. »Carl, du bist für das Funktionieren deiner Ausrüstung verantwortlich, ich will keine Panne«, wendete er sich Whitherspoon zu. Der nickte nur leicht. »Señor Hobo wird uns fahren«, fuhr Greenberg fort. »Jeff wird mit von der Partie sein, die anderen bleiben hier. Wir fahren um sieben Uhr heute abend ab. Noch Fragen?«

Es gab keine Fragen, die Besprechung war beendet. Der Koch servierte das vorbereitete Essen. Die Männer glaubten, in einem Luxushotel zu sein. Kaum hatten sie an dem riesigen Eßtisch, dessen dicke Glasplatte von sechs massiv silbernen Beinen getragen wurde, Platz genommen, da kamen aus der Küche die herrlichsten Speisen auf den Tisch. Die Männer, die seit mehreren Wochen nur die Gerichte des Kantinenkochs gegessen hatten, verzehrten alles mit Heißhunger und Genuß. Dann trennte man sich.

Unstimmigkeiten in Calderons Regierungsmannschaft

Am gleichen Abend hatte der Präsident Jaime Moran, seinen Polizeichef, Portillo, den Verteidigungsminister und den Staatssekretär Lamalfa aus dem Justizministerium zu sich gebeten.

Alle wußten, er würde heute, einige Tage nach der Ermordung seiner Tochter, einen Maßnahmenkatalog von ihnen erwarten. Sie glaubten zu wissen, in welche Richtung die Vorschläge zu zielen hätten.

Moran eröffnete die Besprechung mit einer Erklärung, die mit den Worten endete: »Mein Vorschlag geht dahin, fünf neue Einsatzgruppen zu bilden, die speziell geschult und trainiert werden. Man wird sie ausschließlich für die Terroristenjagd einsetzen, und sie müssen umfassende Entscheidungsfreiheit bekommen.«

Als Moran schwieg, sah ihn der Präsident ernst an, ihre Blicke trafen sich. Moran wußte, daß Calderon die Umschreibung seines wirklichen Ziels verstanden hatte.

»Das soll ja wohl im Klartext Gegenterror heißen«, sagte er. »Was sind das für Vorschläge? Wenn wir so vorgehen, haben wir innerhalb eines Monats den Bürgerkrieg. Es kann in einem Land wie dem unseren keinen Sieger in so einem Kampf geben. Halten Sie es wirklich für sinnvoll, daß wir uns angesichts so vieler drängender Probleme in einen Kampf auf Leben und Tod mit unseren eigenen Landsleuten verstricken?«

»Glauben Sie denn, Herr Präsident, daß diese Leute von selbst mit dem Morden aufhören werden«, fragte Moran erregt.

»Nein, das glaube ich nicht. Wir brauchen eine Verschärfung der Gesetzgebung, das ist sicher.«

»Wie würden Sie sich denn die geeigneten Maßnahmen in der jetzigen Lage vorstellen?« fragte Portillo, der bis jetzt geschwiegen hatte.

»Ich habe mir lange Gedanken gemacht«, sagte Calderon ruhig. »Ich gebe zu, daß ich anfänglich in die gleiche Richtung gedacht habe wie Moran, doch nachdem ich mir die Konsequenzen überlegt habe, war mir klar, daß wir damit das Ende unserer demokratischen Ordnung einleiten würden. Meine Vorstellung geht dahin, den Versuch zu unternehmen, mit diesen Gruppen in einen nationalen Dialog einzutreten, ihre Vorschläge zu hören und dort, wo es geht, ihre Forderungen aufzugreifen.«

»Aber das ist doch Wahnsinn«, sagte Portillo laut. »Herr Präsident, entschuldigen Sie meine Offenheit, aber das klingt, als hätten Sie die Erfahrungen der letzten Jahre vollkommen vergessen.« Alle schwiegen und schauten Portillo zu, der erregt umherging. Moran dachte wie er, nur war er um vieles geschickter als Portillo und hätte es in dieser Stunde auch nie geäußert, denn er wußte, daß Calderon sich ohnehin nicht mehr umstimmen lassen würde. Portillo setzte sich wieder. »Einen nationalen Dialog wollen wir führen? Mit Leuten, die ausschließlich mit Waffengewalt ihre Ziele durchsetzen wollen?«

Moran und Lamalfa schwiegen. Sie blickten Calderon an und warteten auf seine Reaktion.

Aber der Präsident sagte nur ruhig: »Ich glaube, Sie vergreifen sich im Ton, Portillo. Wir werden in dieser Angelegenheit heute keine Einigung erzielen, daher werde ich Ihnen ganz einfach sagen, wie wir weiter vorgehen.« Calderon sprach mit ruhiger, fester Stimme.

Er wies Lamalfa an, im Ministerium eine Anlaufstelle für gesprächsbereite Guerillagruppen einzurichten. Er informierte die Anwesenden darüber, daß er selbst über das Fernsehen den Gruppen den nationalen Dialog als Weg in eine friedliche Koexistenz vorschlagen würde. Er erwartete rückhaltlose Unterstützung seiner neuen Strategie, sagte Calderon abschließend.

Bogota – ein unsicheres Pflaster für Hellmeister

Es war kurz nach vier Uhr nachmittags, als Hellmeister und seine drei Begleiter Bogota erreichten. Während Greenbergs Leute sich in ihrem Quartier in Cartagena bereits eingerichtet hatten, bahnten sie sich ihren Weg durch den nachmittäglichen Verkehr der Hauptstadt. Rafael Vargas besaß hier kein Haus. Das notwendige Sicherheitssystem, das er für ein Stadthaus hätte aufbauen müssen, war ihm immer noch nicht sicher genug erschienen. So hatte er nur in dem exklusiven Stadtteil ›Sta. Barbara alta‹ ein Apartment gekauft. Das hoch über den Dächern der Stadt gelegene, 200 Quadratmeter große Apartment war das Ziel der Gruppe. Die Männer parkten den Range Rover in der Tiefgarage und fuhren in den 9. Stock des Hauses. Der in der Garage diensthabende Wachmann hatte sie angemeldet, so daß Vargas' Diener sie bereits in der geöffneten Tür der Wohnung stehend erwartete. Hellmeister ging voran, ihm folgten Morgan, Joe Eagle und der Mann, der mit den Verhältnissen in Bogota am besten vertraut war, Gilberto Camorro, ein drahtiger Mann aus Vargas' Wachmannschaft. Die Männer bezogen ihre Zimmer und verließen gemeinsam gegen sechs Uhr abends das Apartment, um ihren Einsatzort zu inspizieren.

Kampfgebiet Caqueta

Zur selben Zeit näherte sich Smith mit seiner Mannschaft eiligst Vargas' Landhaus in der Südprovinz Caqueta.

Sie waren von der gut ausgebauten Landstraße abgebogen und immer tiefer in das Dschungelgebiet vorgedrungen.

Immer höher wurden die Temperaturen, immer schlechter die Straße.

Um so überraschter waren sie, als sie in der hereinbrechenden Finsternis das im tiefsten Urwaldgebiet gelegene Jagdhaus erreichten. Es lag friedlich und gepflegt vor ihnen, wie in einem verzauberten Garten aus Tausendundeinernacht. In der Art der Häuser, die man aus den Südstaaten der USA kennt, hatte Vargas einen weißen Säulengang bauen lassen, auf dem der erste Stock des ebenfalls weißen Gebäudes ruhte.

Als Ohlson den schmutzigen, mit Lehm bedeckten Wagen vor dem Haus parkte, fiel Smith sofort die zwischen zwei Säulen aufgespannte Hängematte auf, aus der nur ein Fuß hervorschaute. Er gehörte Carl Forbes.

Als das Motorengeräusch verklang, räkelte er sich langsam aus seiner Hängematte, um die Ankömmlinge zu begrüßen.

»Hy, Carl, so läßt sich's offenbar leben«, begrüßte ihn Smith.

»Tja, wenn unser Ding schiefgeht, mach' ich hier den Hausmeister«, antwortete Forbes.

Die Hausdiener brachten die Männer zu ihren Zimmern.

Smith und Forbes zogen sich in den neben der Eingangshalle gelegenen Konferenzraum zurück.

Der Präsident will den Bürgerkrieg verhindern

Am Abend nach der unerfreulichen Unterhaltung mit seinen Ministern erschien Calderon ein zweites Mal innerhalb weniger Tage im Sender des kolumbianischen Fernsehens. Er war entschlossen, seinen Plan durchzuführen.

Es war kurz nach acht Uhr abends, zur letzten Sendezeit, als das Programm überraschend unterbrochen wurde.

Calderon erschien auf dem Bildschirm. Mit ruhigen, eindringlichen Worten wendete er sich abermals an die Bevölkerung.

»Liebe Mitbürger«, begann er. »Es wird Sie wundern, wenn ich mich nach so kurzer Zeit wieder an Sie wende. Ich halte es für notwendig, Ihnen einige Zusammenhänge darzustellen, die nicht durch Kommentare verzerrt oder verfälscht werden dürfen.

Sie alle wissen, daß die Gruppe LPC meine Tochter entführte, um die Freilassung von 100 Terroristen zu erpressen. Ich habe diese Forderung abgelehnt und die LPC aufgefordert, zu einem normalen politischen Dialog zurückzukehren und meine Tochter Carla leben zu lassen.« Der Präsident machte eine Pause. Für Sekunden schien es, als würde er nicht weitersprechen können. Dann setzte er seine Ansprache fort. »Gestern nun erfuhren wir, daß Carla brutal ermordet wurde. Sie war 19 Jahre alt. Glauben Sie, meine Mitbürger, daß dies der richtige Weg zu mehr Gerechtigkeit ist? Wenn wir fortfahren, uns gegenseitig zu bedrohen, werden wir nie weiterkommen, sondern uns in endlosen Auseinandersetzungen gegenseitig zerfleischen. Ich bin heute hier, um Ihnen allen zu sagen, daß ich den Weg zu einem friedlichen Dialog eröffnen möchte. Alle Gruppen, die sich bereit erklären, mit der Regierung in Gespräche zu treten, wird eine Amnestie angeboten. Diese Amnestie schließt alle ein, die bereit sind, ihre Waffen abzugeben und die nicht an Morden beteiligt waren.

Es wird keine Rache der Regierung geben. Ich weiß, daß es viele geben wird, die ihrerseits auf Rache nicht verzichten wollen. Verhindern wir, daß Kolumbianer einander töten, verhindern wir gemeinsam einen Bürgerkrieg!«

Die Scheinwerfer im Studio erloschen, die Kameras wurden ausgeschaltet. Alle, die Calderons Rede gehört hatten, wußten, daß hier ein bedeutender Mann eine große Tat vollbracht hatte. Alles hing jetzt davon ab, wie die angesprochenen Gruppen reagieren würden.

Viele zweifelten allerdings daran, daß der Präsident die volle Unterstützung für seinen Plan hatte. Jedermann wußte, daß das Militär des Landes ganz anders über den Umgang mit den Terrorgruppen dachte.

Orlandinis Vergnügen

Es gab einen Mann, der sich Calderons Rede schmunzelnd anhörte. Gustavo Orlandini, ehemaliger Soziologieprofessor, geboren und aufgewachsen in Bogota, jetzt wohnhaft in Cartagena.

Es war kurz nach acht Uhr abends, als ihn seine Frau ins Wohnzimmer rief. Nur bekleidet mit einer grauen Leinenhose und einem Unterhemd kam er langsam aus dem oberen Stock seines in der Nähe des Hafens gelegenen Hauses, um sich die Rede des Präsidenten anzuhören.

»Es scheint, als wenn sie es endlich begreifen«, sagte er. »Sie wissen, daß sie die Revolution nicht aufhalten können. Nur die Dummen werden auf dieses heuchlerische Angebot eingehen.«

»Du wirst zu spät kommen«, sagte seine Frau, als er hinaufging. Er drehte sich nur lächelnd um und sagte: »Das macht gar nichts, ich habe eben erfahren, daß ich nicht umsonst gelebt und gelehrt habe.«

Es war kurz vor halb neun, als Orlandini sein Haus verließ, um seine beiden Freunde Carlos Grado und Pierre Frechnais im Club de Coco zu treffen. Beschwingt ging Orlandini hinüber zu seinem vor dem Haus geparkten Renault 4 und fuhr zum Club, ganz so wie jede Woche. Er dachte zurück an die Arbeit an der Universität von Bogota. Er wußte, daß er nicht zum Kämpfer geboren war, er brauchte Helfer, die kämpfen konnten und beeinflußbar waren. Er sah sich die ersten Verhandlungen führen, immer im Verborgenen, in der Angst, entdeckt zu werden. Es war schon mutig, mußte er sich gestehen, in dieser Zeit eine Opposition aufzubauen. Olandini mußte innerlich lachen, als er daran dachte, wie leicht es ihm gefallen war, Valdez von seinen Thesen zu überzeugen, um ihn hinterher wie einen Schäferhund von der Leine zu lassen. Er war guter Dinge, als er um kurz vor 9 Uhr vor dem eleganten Club de Coco vorfuhr. Es war der richtige Tag für ein Festmahl.

Isla de Malpelo

Es schien ihr, als ob die Nacht in Guapi dunkler war als in anderen Teilen des Landes. Carla Calderon sah kaum Straßenbeleuchtungen, als sie gegen zehn Uhr abends das Haus wieder verließen. Nur wenige Gaslaternen spendeten in einigen Teilen des Dorfes spärliches Licht. Es herrschte Dunkelheit und Stille. Niemand begegnete ihnen, als Carla mit Frederico und seinem Onkel Antonio die zum Meer führende Gasse entlanggingen. In den vergangenen Stunden hatten sie Antonio und seiner Frau in allen Einzelheiten geschildert, wie nötig sie Hilfe brauchten. Antonio Cabeza wollte sie ihnen nicht versagen.

Es war kurz vor halb elf, als die Männer das etwa vier Meter lange Holzboot vom Strand schoben und es mit einem Ruck in tieferes Gewässer beförderten. Sie schwangen sich mit einem Sprung in das hinausgleitende Boot hinein. Mit wenigen Ruderstößen änderte Frederico die Fahrtrichtung des wackeligen Kahns, während sein Onkel ein kleines Segel am kurzen Mast emporhievte. Langsam gewann das Boot Fahrt und bewegte sich in gleichmäßigem, ruhigem Tempo aufs offene Meer hinaus.

Während Antonio Cabeza das Ruder übernahm, setzten sich Frederico und Carla auf die mittlere Bank. Es lag noch eine lange Strecke vor ihnen. Ihr Ziel war die Isla de Malpelo, eine etwa vierhundert Kilometer vor der kolumbianischen Pazifikküste gelegene, zu

Kolumbien gehörende Insel. Antonio Cabeza hatte gesagt, daß es kein Problem für ihn sei, sie dort hinzubringen. Natürlich sei dies eine Strecke, die er noch nie mit diesem Boot gefahren war, probieren könne man es jedoch allemal. Frederico hatte die Isla de Malpelo gewählt, um für die nächste Zeit vollkommen von der Bildfläche zu verschwinden. Wenn nach einigen Wochen Gras über die Sache gewachsen war und sich die LPC wieder auf andere Dinge konzentriert hatte, wollte er versuchen, die Dinge ins Lot zu bringen.

Carla und er saßen eng beieinander. Er spürte, wie sie sich eng an ihn schmiegte. Was wird sein, dachte er, wenn dieser Alptraum vorüber ist. Werde ich es schaffen, sie für mich zu gewinnen, oder ist der Standesunterschied zu groß? Als würde sie seine Gedanken erraten, strich sie ihm mit der Hand über die Wange und zog ihn sacht an sich. Er küßte sie sanft.

Greenberg hat wenig Zeit

Etwa zu der Zeit, als sich zweitausend Kilometer südlich Smith und Forbes zusammensetzten, verließ Harold Greenberg das ihm zugewiesene Gästezimmer. Als Jeff Ohlson wenige Minuten später die gläserne Treppe herunterkam, sah er Greenberg bereits lang ausgestreckt auf der Couch im Salon liegen.

Wenig später erschienen auch Whitherspoon und Hobo. Greenberg räkelte sich und sagte, »dann können wir«, und ließ Hobo voran aus dem Haus hinüber zum Bootssteg gehen. Whitherspoon war der einzige mit Gepäck. Er trug einen schmalen, länglichen Koffer, der etwa die Größe eines Aktenkoffers hatte. Jeder wußte, daß dies sein Arbeitsgerät war; das einzige nach eigenen Aussagen, mit dem er wirklich umgehen konnte. Die Dunkelheit war über die Inseln hereingebrochen. Nur jemand, der die Gegend genau kannte, war jetzt in der Lage, den Weg an ihren Einsatzort zu finden. Die Mannschaft schnallte sich in dem Rennboot fest.

Hobo ließ die schweren Motoren dumpf aufheulen, und das Boot legte langsam vom Steg ab.

Nach etwa 50 Minuten erreichten sie die Stadt.

Hobo hatte einen anderen Weg gewählt, da die schwere Dünung eine Fahrt über das offene Meer problematisch machte. Er benutzte den Weg durch das Kanalsystem des Canal del Dique. Auf diese Weise konnten sie frühzeitiger das Meer verlassen und sich über den geschützten Kanal der Stadt nähern. Als sie die Lichter der die Hafeneinfahrt säumenden Forts Manzanillo und Castillo Grande vor sich auftauchen sahen, verlangsamte Hobo die Fahrt. Finsternis umgab sie, als sie in der geschützten Bahia de Cartagena vor sich hindümpelten.

»Du solltest deine Vorbereitungen treffen, Carl«, sagte Greenberg. Whitherspoon öffnete den neben ihm stehenden Koffer. Zum Vorschein kam das in seine Einzelteile zerlegte Gewehr. Ihr Ziel war der ›Club de Coco‹, das exklusivste Restaurant der Stadt.

Greenberg und seine Leute konnten laut Cruz davon ausgehen, an diesem Abend Professor Gustavo Orlandini bei einem gemeinsamen Essen mit seinen beiden Freunden anzutreffen.

Whiterspoon legte sorgfältig sein Gewehr zusammen. Innerhalb von Minuten entstand ein schmales Gewehr. Er montierte ein Zielfernrohr und lud es mit zwei Kugeln. »Ist das nicht ein bißchen wenig?« fragte Greenberg. Whitherspoon lächelte. »Eine zuviel«, antwortete er. Greenberg schwieg und zog wortlos das mitgebrachte Foto des Weißhaarigen, harmlos wirkenden Mannes aus der Gesäßtasche seiner Jeans. Whitherspoon schaute sich die Fotografie des Professors konzentriert eine Minute lang an. »Möchte ja nicht den Falschen abservieren«, erklärte er. Hobo lenkte das Boot in Richtung Hafeneingang, genau zwischen den beiden Forts hindurch.

»Dort drüben ist es«, sagte Hobo gelassen, als er das Boot direkt auf den neben der Altstadt gelegenen Yachthafen zusteuerte. Nichts regte sich um sie her, kein Boot begegnete ihnen in der Finsternis, als sie ihre Positionslichter löschten. Das unweit der Altstadt gelegene Fort Pastelillo war gleißend hell erleuchtet. Im gepflegten Garten des Restaurants brannten zahlreiche Glühbirnen in bunten Farben.

Whitherspoon zog aus dem Köfferchen einen schweren Schalldämpfer hervor und schraubte ihn auf den Lauf des Gewehres.

Sie waren dem Restaurant bis auf dreihundert Meter nahe gekommen. Leicht dümpelten sie in der Finsternis. Stille umgab sie, nur aus der Richtung des Restaurants hörte man gedämpft Musik.

»Hier, schau mal durch«, sagte Whitherspoon und reichte Greenberg das Gewehr.

Er schaute durch das Infrarotfernglas und ließ das Fadenkreuz über die jetzt ganz nahen Tische gleiten, die vor dem Restaurant standen.

»Wenn du mich fragst, ich könnte dir von hier aus nicht sagen, welcher es ist.«

»Nein, natürlich nicht«, antwortete der Scharfschütze. »Wir müssen noch näher ran.«

In etwa 100 Meter Entfernung stoppte er die Fahrt. Whitherspoon schaute durch das Zielfernrohr. Langsam suchte er einen Tisch nach dem anderen ab. Es war inzwischen kurz nach 8 Uhr dreißig, so daß schon mehrere Tische besetzt waren.

Whitherspoon reichte Greenberg das Gewehr und sagte: »Schau durch, welcher darf's denn sein?«

»Der mittlere der drei alten Knaben dort«, sagte Greenberg bestimmt und gab Whitherspoon das Gewehr zurück.

Der Scharfschütze kniete sich am Heck auf die Polster und stützte den linken Ellbogen auf den Bootsrand. Der munter plaudernde Professor erschien jetzt ganz nah vor ihm. Das Fadenkreuz des Infrarotglases näherte sich der Stirn des mit dem Gesicht zum Wasser sitzenden, ahnungslosen Mannes, der für alle Taten verantwortlich war, die Valdez und seine Kumpanen verübten.

Whitherspoon drückte ab. Mit einem leisen ›Plop‹, das schon wenige Meter entfernt nicht mehr zu hören war, löste sich der Schuß.

Whitherspoon blieb mit dem rechten Auge am Zielfernrohr und sah, wie der Kopf des Professors nach hinten weggerissen wurde und dann auf den vor ihm stehenden Teller aufschlug. Der Vorgang schien ihm wie eine Szene aus einem Stummfilm, denn nichts war zu hören von der hektischen Reaktion der Gäste.

Whitherspoon setzte das Gewehr ab, strich sich langsam mit der rechten Hand über das pomadisierte Haar und sagte ruhig: »Los!«

Geduldig hatte Hobo auf dieses Zeichen gewartet. »Was ist?« fragte Greenberg, der noch nicht wußte, was genau passiert war. »Was soll schon sein, Mensch?« fragte der Scharfschütze, als sich das Boot wieder auf die im dunkeln liegende Durchfahrt zwischen den Forts zubewegte. Greenberg griff ungeduldig nach dem Gewehr und schaute durch das Zielfernrohr. Er sah, wie die Gäste des Restaurants aufgesprungen waren und hilflos gestikulierend umherstanden.

Hobo hatte das Boot bereits lautlos an die Hafenausfahrt gebracht und lenkte es nun nach rechts genau hinter das Fort Castillo Grande. Wenige Sekunden später war der Club de Coco aus ihrem Blickfeld verschwunden. Das Tempo der Fahrt wurde gesteigert, und indem sie die in der Hafenmitte aufgestellte, hell erleuchtete ›Jungfrau de Cartagena‹, die Schutzpatronin des Hafens, umrundeten, näherten sie sich wieder der langgezogenen Bahia de Boca Chica, und mit einer Geschwindigkeit von etwa 30 Kilometern pro Stunde näherten sie sich der Ausfahrt. Hobo wollte auf keinen Fall auch auf dem Rückweg durch das Kanalsystem fahren, denn falls wirklich der sehr unwahrscheinliche Fall eintreten sollte, daß sie verfolgt wurden, konnten sie die Schnelligkeit ihres Bootes nur auf hoher See entfalten. Nach einigen Minuten erreichten sie das Meer und eine Stunde später die Villa auf der Insel. Es war kurz nach zehn Uhr, als sich die Männer im Salon des Hauses zusammensetzten, um die nächsten Schritte zu planen.

Valdez' Antwort

Calderon hatte nach seiner Fernsehrede das Gefühl, die richtigen Schritte zur Lösung der anstehenden Probleme eingeleitet zu haben. Rafael Vargas seinerseits wußte, daß die Maßnahmen, die er zum Schutz seiner Organisation ergriffen hatte, in den nächsten Stunden durchgeführt würden.

Moran und Portillo arbeiteten an ihrem Plan zum Sturz des ihrer Ansicht nach zu schwachen Präsidenten.

Auch Valdez und die LPC hatten, nachdem das Geld beschafft worden war, konsequent und planvoll einen Schritt nach dem anderen zur Befreiung ihrer Leute unternommen.

Die von Galvan aus Chile gelieferten Raketen waren noch in der Nacht, in der sie über die Grenze kamen, auf zwei alte, klapprige Lastwagen umgeladen worden. Notdürfig hatten Valdez' Männer die über das Heck der Laster hinausragenden Raketenspitzen mit Stoff umwickelt.

Gleich nach Fertigstellung der Tarnung hatte sich der kleine Convoi auf den Weg in die Hauptstadt gemacht. In einem Waldstück hatten sie sich versteckt gehalten, bis das Kommando zum Einsatz kam.

Zu dem Zeitpunkt, als der Präsident das Fernsehstudio in Bogota verließ und Greenbergs Boot sich langsam durch den Canal del Dique bewegte, setzte sich auch der jetzt aus vier Lastwagen bestehende

Convoi Valdez' wieder in Bewegung. Während sie sich langsam durch die Dunkelheit bewegten, hatte Alberto Tena, Valdez' Verbindungsmann im Zuchthaus, längst seines Amtes gewaltet. In den vergangenen Tagen war es ihm gelungen, fünf Pistolen hineinzuschmuggeln und sie Valdez' Leuten zuzuspielen. Alle wußten, wie man beabsichtigte, sie aus dem Zuchthaus herauszubekommen, so daß jedem klar war, daß es keinen Sinn gehabt hätte, sich hinter der Mauer aufzubauen.

Es war kurz nach neun Uhr, als der Aufstand im Zuchthaus begann. Einer der mit einer Pistole ausgestatteten Männer setzte einem in seiner Nähe stehenden Wärter die Waffe an die Schläfe und zwang ihn, seine Zelle aufzuschließen. Dann ging alles rasend schnell.

Die Männer stürmten durch das Zuchthaus, öffneten sämtliche Zellen, während irgendwo Alarm ausgelöst wurde. Er führte zu hektischen Aktivitäten innerhalb und außerhalb des Zuchthauses. Nach kurzer Zeit waren alle neu eingebauten Stahltüren verschlossen. Sie konnten aus dem Innenraum nicht geöffnet werden.

Das Zuchthaus war in kürzester Zeit umstellt, so daß ein Entkommen unmöglich schien.

Es war kurz vor 23 Uhr, als die Verhandlungen mit den Geiselnehmern im Zuchthaus begannen. Sechs Beamte befanden sich in ihrer Gewalt. Die Regierung war bestrebt, Blutvergießen zu verhindern, aber man wollte hart bleiben und niemanden freilassen.

Zur gleichen Stunde erreichte der Lastwagenconvoi

Valdez' eine kleine, in der Nähe des Zuchthauses gelegene Anhöhe. Die Männer richteten die Raketen auf das Zentrum der Mauer und entfernten sich von den Wagen.

Es war genau 23 Uhr 15, als sie aus sicherer Entfernung die Raketen zündeten.

Die beiden alten Laster gingen in Flammen auf, als die Raketen auf die Mauer zuschossen. Nur wenige Sekunden später zerbarst der schwere Steinwall unter der Wucht der Detonation. Nicht nur die Mauer wurde zerstört, sondern auch wesentliche Bereiche des Hauptgebäudes. Wie später bekannt wurde, gab es unter denen, die das Haus umstellt hatten, drei Tote und eine große Zahl Verletzter. Im Zuchthaus selbst kamen zwölf Gefangene ums Leben. Valdez' Leute wußten genau, was sie zu tun hatten, nachdem die Sprengung erfolgt war. Es waren nur wenige Sekunden vergangen, als sie aus dem ersten Stock hinunterstürmten, in den nicht gesicherten Innenhof und von dort hinüber zu der in der Mauer klaffenden Lücke. Die Verwirrung in der Wachmannschaft war so ungeheuer groß, daß niemand auf die Idee kam, die Ausbrecher an ihrer Flucht zu hindern. Die Männer liefen auf die beiden Lastwagen zu, die auf sie warteten.

Die ganze Aktion hatte kaum fünf Minuten gedauert. Ein paar Kilometer vom Gefängnis entfernt, ließen die Häftlinge die Laster stehen und bestiegen in Nebenstraßen geparkte Personenwagen. Fünfzig Männer waren frei. Valdez erwartete sie noch in der gleichen Nacht im Hauptquartier in Caqueta. Er wußte, diese Männer würden ihm bedingungslos folgen. Er hatte sein Ziel erreicht.

Muß Calderon seine eigenen Leute fürchten?

Nacht hatte sich über Bogota gesenkt. Während Smith und seine Leute ihre Operation im ganzen Land vorbereiteten und Valdez sich mit seinen Männern dem Choco Zuchthaus näherte, hatten sich Moran und Portillo in ein kleines Haus im Norden der Stadt zurückgezogen. Außer ihnen war nur noch der Hausbesitzer anwesend, Alberto Echeverri, General und Oberbefehlshaber des Heeres.

»Seit seiner Rede weiß ich, daß der Präsident es wirklich ernst meint mit seinem Gefasel von Frieden und Toleranz«, sagte Moran zu Echeverri, dem ehemaligen Vertrauten Calderons. »Er wird das Volk zugrunde richten.«

»Bald wird ein Haufen von Kriminellen wieder frei herumlaufen. Es wird keine Strafe mehr geben für Verbrechen, wir sind auf dem Weg in die Anarchie. Ich habe um diese Unterredung gebeten, weil ich Ihren Rat brauche und Sie um Ihre Unterstützung bitten möchte.«

»Ich stimme Ihnen zu«, sagte Echeverri nachdenklich, »wenn ich auch die Situation nicht so dramatisch einschätze wie Sie, glaube ich doch, daß sich die Lage verschärfen wird, wenn es eine Amnestie geben sollte. Im Moment hängt manches davon ab, ob es auf seiten der Guerillas Parteien geben wird, die auf dieses Angebot eingehen.«

Portillo schaute zu Moran herüber, als Echeverri sich äußerte. Portillo wußte, daß Echeverri Moran nicht mochte, doch ergänzten sich die Pläne und Wünsche der drei Männer auf ideale Weise. Moran war zuerst dagegen gewesen, sich an Echeverri zu wenden. Portillo meinte jedoch, daß ohne Unterstützung des Heeres ein Umsturz nicht möglich sei.

»Ja«, sagte Moran, »im Moment ist wichtig, ob und welche Gruppen auf das Angebot eingehen. Mittelfristig jedoch bleibt das Problem Calderon selbst. Wenn nicht jetzt, dann wird er später uns alle mit seiner laschen Haltung ins Verderben stürzen. Wir brauchen einen starken Mann.«

»Und der sind Sie«, sagte Portillo ruhig und schaute Echeverri an.

»Sie werden Calderons Nachfolger«, sagte Moran.

»Und was wird aus ihm?«

»Er wird ins Exil geschickt, bekommt eine Pension und lebt herrlich und in Freuden. Verstehen Sie, Echeverri, uns geht es nicht um Calderon persönlich. Ich schätze ihn und halte ihn für völlig integer, aber er ist gefährlich«, sagte Moran hastig.

Echeverri konnte ihn zwar nicht leiden, aber er mußte ihm recht geben. An seinem Plan war etwas dran, dachte Echeverri. Präsident zu werden war keine schlechte Aussicht.

»Ich stimme Ihnen zu«, sagte Echeverri, »Calderon ist nicht der richtige Mann für uns. Sie werden aber verstehen, das alles will gründlich überlegt sein.«

»Überlegen Sie nicht zu lange«, sagte Portillo, »die Zeit drängt.«

Die Männer standen auf. Echeverri brachte sie an die Haustür und sah sie in der Dunkelheit verschwinden.

Greenberg auf dem Weg zu Beñalon

Es war kurz vor fünf Uhr morgens, als Greenberg die Treppe herunterkam. Im Salon herrschte bereits reges Treiben. »Hy, Greeny, ausgeschlafen?« fragte ihn Ohlson, als der sich an den Tisch setzte. »Es geht so«, murmelte Greenberg und goß sich Kaffee ein, um die Lebensgeister zu wecken.

»Irgendwie freue ich mich auf heute«, sagte Ohlson nachdenklich, »seit Wochen reden wir von nichts anderem als davon, diese Typen aufzumischen, heute geht es endlich los!«

Greenbergs Frühstück war schnell beendet.

Polternd erhoben sich die Männer von ihren Sitzen, warfen sich die Rucksäcke über die Schultern, prüften kurz die Waffen und schlossen sich dem vorangehenden Hobo an. Wenig später legte das Boot vom Steg ab. Laut dröhnten die vier schweren Motoren.

Eine halbe Stunde dauerte die Fahrt durch die Finsternis und Einsamkeit, dann sah man aus der Dunkelheit vereinzelt Lichter auftauchen. Hobo wendete sich Greenberg zu und drosselte die Fahrt.

Er nahm Kurs auf den Hafen von Cartagena. Der Tag der Entscheidung war angebrochen. Gegen sieben Uhr kam die Halbinsel Boca Chica in Sicht.

Sie fuhren nicht in den Hafen, vorbei an der Altstadt erreichten sie den Bootssteg bei der Laguna Cabrero, genau da, wo sie gestern eingestiegen waren.

Sie vertäuten das Boot und bestiegen die in der Parkbucht stehenden Chevrolets. Hobo steuerte den ersten Wagen, in dem Greenberg und zwei von Vargas' Leuten saßen.

Die Wagen rasten über die am Sonntagmorgen kaum befahrene Küstenstraße. Nachdem sie einige Wohnviertel der Außenbezirke Cartagenas hinter sich gelassen hatten, erreichten sie die nach Baranquilla führende Landstraße.

Ihr Ziel war das an der Küste gelegene Dörfchen Loma Arena. Beñalon sollte dort im Hause seiner Eltern wohnen. Wahrscheinlich hielt er das für die beste Tarnung, hatte Smith vermutet. Nach etwa einer Stunde Fahrt erreichten sie den verschlafenen Ort. Hobo wies dem kleinen Convoi den Weg zum Haus der Beñalons. Es war ein schönes, herrliches, altes Gebäude, das von einem herrlichen Garten umgeben war. Die hölzerne, etwa 100 Jahre alte Fassade des zweistöckigen Hauses war mit Schnitzereien und Säulen reich verziert.

In einiger Entfernung stoppten die Wagen. Greenberg, Ohlson und die drei Männer stiegen aus. Whitherspoon blieb mit Hobo zurück; das was jetzt folgte, war nicht mehr ihr Job.

Beñalon solle auf keinen Fall getötet werden, hatte Smith angeordnet. Das wäre zwar nicht in Vargas' Sinne, aber er würde es auf seine Kappe nehmen.

Langsam schlenderte die Gruppe die mit bunten Kieseln bestreute Auffahrt hinauf, fast so, als würde sie zum Frühstück erwartet.

Jeder wußte, was er zu tun hatte, wenn Greenberg das Zeichen gab. Durch die großen Fenster der Veranda sah Greenberg die beim Frühstück sitzende Familie: einen Mann von etwa fünfzig Jahren, eine Frau von ungefähr fünfundvierzig und einen vielleicht dreißigjährigen jungen Mann. Es war nicht der, den er suchte, das sah Greenberg sofort. Wo war Arturo, der zweite Sohn der Familie? Greenberg hörte, wie genau nach 60 Sekunden an der Haustür geläutet wurde. Nur 20 Sekunden später erschien Jeff Ohlson mit dem Diener, der ihm die Tür geöffnet hatte, auf der Veranda. In der Sekunde, in der sich die Augen aller auf Ohlson richteten, der dem erschrockenen Diener den Lauf seiner Luger an die Schläfe hielt, stürmte Greenberg mit seinen Begleitern aus der Dekkung hervor. Mit vorgehaltenen Schrotflinten liefen sie durch die Glastür der Veranda.

»Wo ist Arturo?« herrschte Greenberg die Familie an.

»Der ist in Bogota!« antwortete der Vater sofort.

»Dann durchsucht das Haus«, sagte Greenberg zu Ohlson. Der hielt dem Diener die Luger an den Kopf und schob ihn vor sich her. Der Diener stolperte vor Ohlson her die Treppe hinauf, ging, im ersten Stock angekommen, nach links und zeigte dann auf eine der Türen. Ohlson zögerte keine Sekunde. Mit einem heftigen Stoß trat er die leichte Holztür ein. Berstend und zersplitternd flog sie aus den Angeln. Beñalon war erst von dem Lärm aufgewacht, den Ohlson verursacht hatte und schaute nun erschrocken zu dem Mann, der in sein Zimmer eingedrungen war und ihn mit einer Pistole bedrohte.

»Mitkommen!« befahl Ohlson.

Kurze Zeit später waren alle in der sonnenüberfluteten Veranda versammelt. Greenberg wollte keine Zeit verlieren. Er befahl seinen beiden Begleitern, die Frau und die anderen nicht Beteiligten in den Keller zu bringen. Schweigend, mit unbewegter Miene, zog sich der etwa Fünfundzwanzigjährige an.

Nachdem auch der Diener im Keller untergebracht worden war, verließen Greenberg und seine Leute das Haus.

Kurz nach halb zehn traf der Convoi vor dem Flughafen Cartegena ein. Strahlender Sonnenschein lag wie fast immer über der Stadt.

Greenberg, Ohlson, Whitherspoon und Perez' Leute bildeten einen Kreis um Hobo, um sich von ihm zu verabschieden.

»Das war gute Arbeit, Hobo«, sagte Greenberg, als er dem kleinen drahtigen Mann die Hand drückte. »Ich werde Vargas davon berichten.«

Hobo lachte auf. »Sie sind gut, Greenberg, der Don und ich kennen uns seit dreißig Jahren, ich wüßte nicht, was Sie ihm von mir berichten können, was er nicht schon weiß.«

Sie brachten Beñalon hinüber zu einem seitlich der Abfertigungshalle für Linienflugzeuge liegenden kleinen Gebäude für Privatmaschinen. Beñalon wußte, daß ein Fluchtversuch sein Ende bedeuten würde.

Geht die LPC auf das Angebot Calderons ein?

Calderons Rede hatte Aufsehen erregt. Zum erstenmal hatte ein Präsident sich in einer Ansprache direkt an die Terroristengruppen gewandt und ihnen Gespräche angeboten. Alle Tageszeitungen diskutierten ausgiebig das Für und Wider seiner Vorschläge. Neben der überwiegenden Zahl derer, die sich dafür aussprachen, gab es auch eine Reihe von Kommentatoren, die die Bedenken Morans teilten.

Auch Valdez' Gefolgsleute erfuhren von Calderons Amnestieangebot.

»Begreift doch, was hier geschehen ist«, sagte einer der Männer, »versteht, daß dies hier ein Angebot ist, auf das wir Jahre gewartet haben. Es bedeutet, daß die Regierung bereit ist, über Reformen zu verhandeln. Wir könnten auf legale Weise mehr Einfluß ausüben und hätten mehr erreicht, als wir uns je erhofft haben.«

»Und was meinen die anderen?« fragte Valdez, als Sanchez schwieg.

»Ich finde, er hat recht«, sagte Salazar. »Ich bin dafür, auf Calderons Angebot einzugehen. Natürlich müssen wir vorsichtig sein und dürfen uns auf keinen Fall übertölpeln lassen. Wenn sich im Verlaufe der nächsten Wochen herausstellen sollte, daß der Präsident es ernst meint, wenn er von Zusammenarbeit und Frieden redet, dann sollten wir bereit sein, auf dieses Angebot einzugehen.«

Als Salazar schwieg, hörte man zustimmendes Gemurmel. Valdez musterte seine Männer mit steinerner Miene. Dann sagte er hart: »Was seid ihr doch für erbärmliche Revolutionäre! Merkt ihr denn nicht, daß Calderon nur eine Spaltung erreichen will? Natürlich hört sich so ein Angebot im ersten Moment nicht schlecht an. Das weiß er. Ihm ist auch klar, daß es Dummköpfe geben wird, die sich dafür aussprechen werden, mit ihm zusammenzuarbeiten. Alles Lug und Trug, sage ich euch.« Valdez sprang erregt von seinem Stuhl auf. »Was glaubt ihr denn, wer freigelassen werden würde? Meint ihr wirklich, es wäre, nachdem wir bekanntgegeben haben, seine Tochter getötet zu haben, ein einziger Mann aus unserer Gruppe? Leute, hört doch endlich auf, euch solche Illusionen zu machen! Findet euch damit ab, daß es für uns keinen Ausweg geben kann.«

Die Männer schwiegen. Nicht alle waren seiner Meinung. Doch sie wußten, daß auf Desertion die Liquidierung stand.

Salazar meldete sich noch einmal zu Wort: »Wie wäre es, wenn wir erst einmal abwarten, was wirklich hinter diesem Angebot steckt? Mir scheint deine völlige Ablehnung etwas voreilig zu sein.«

Salazar wußte, was Valdez dachte. Für ihn gab es nur das Alles oder Nichts. Salazar war anderer Meinung. Er glaubte, daß sie im Sinne des Volkes handeln würden, wenn sie sich auf das Angebot des Präsidenten einließen. Er war schon lange der Überzeugung, daß Valdez die Gruppe ins Verderben führen würde.

»Das kann nicht euer Ernst sein. Ihr wollt euch auf ein vages Versprechen hin mit diesen Verbrechern an einen Tisch setzen. Ich sage euch, ihr werdet nichts erreichen, nur die Waffen abgeben und irgendwo versauern. Damit hätte der Präsident sein Ziel erreicht.«

Valdez schwieg. Dann setzte er ruhiger hinzu: »Wer mit dem Präsidenten verhandeln will, kann gehen, aber wir sind vom selben Augenblick an Feinde, vergeßt das nicht.«

Die Männer schauten einander an. Feinde? Was sollte das bedeuten? Mußte jeder, der ging, damit rechnen, von Valdez erschossen zu werden, weil er zu einem Feind geworden war? Alle blieben stumm auf ihren Plätzen. Valdez' Reaktionen und Verhaltensweisen wurden immer irrationaler und unerklärlicher.

»Wir wollen warten, bis die anderen hier sind«, sagte er wenig später und spielte damit auf die Ankunft der aus dem Zuchthaus ausgebrochenen Männer an. »Wir wollen doch hören, was sie über eine Zusammenarbeit mit dem Präsidenten denken.«

Valdez lächelte.

»Aber das ist doch Unsinn«, meinte Salazar. »Was erwartest du von Leuten, die der Regierung dieses Präsidenten ihre Kerkerstrafe verdanken?«

Valdez schwieg und sagte dann: »Gut, ich will die Sache nicht selbst entscheiden. Salazar und ich brechen sofort auf, um Orlandini aufzusuchen. Wir werden sehen, was er zu dem Angebot sagt. Ich bin bereit, seinem Rat zu folgen. Ist das ein fairer Vorschlag?«

Salazar stimmte zu. Sie brachen noch in der selben Stunde auf, um mit Orlandini in Cartagena Kontakt aufzunehmen.

Die Kirche im Beton

Es war kurz nach acht Uhr morgens, genau zu dem Zeitpunkt, als Greenbergs Mannschaft in Loma Arena das Haus der Beñalons verließ, als Bernhard Hellmeister in Rafael Vargas' Apartment, im tausend Kilometer entfernten Bogota, mit seinen Männern beim Frühstück saß. Vom Eßtisch aus schaute er hinaus auf die unter ihm liegende, scheinbar friedliche Stadt. ›Von hier oben‹, dachte er, ›sieht die Stadt genauso aus wie jede andere Großstadt auf der Welt.‹ Doch Bogota ist nicht nur das wirtschaftliche Zentrum Kolumbiens, sondern auch das Sammelbecken für die abertausend Armen und Ärmsten des Landes, die glaubten, in der Hauptstadt Arbeit und ein besseres Leben zu finden. Enttäuscht von der grausamen Realität werden sie fast zwangsläufig in die Kriminalität getrieben, den letzten Ausweg aus der Hoffnungslosigkeit.

Hellmeister wußte, daß er seine Aktionen genau geplant hatte. Sie waren noch am vergangenen Abend die Strecken abgefahren, auf denen sie ihre Zielpersonen finden würden. Ihr Zeitplan sah vor, daß sie die Stadt genau um ein Uhr nachmittags verlassen würden.

»Wir brechen auf«, sagte Hellmeister einige Minuten vor neun.

Camorro und Morgan standen wortlos auf und gingen hinüber zu den auf einer gelben Ledercouch liegenden Waffen. Morgan verstaute ein schweres Wurfmesser in seinem Knöchelhalter.

»Um 10 Uhr 30 bei Pfizer«, sagte Hellmeister zu Vargas' Diener, als er mit den beiden anderen das Apartment verließ. Das hieß, der Range Rover mußte vor der Firma Pfizer bereitstehen.

Es war kurz nach neun, als der Wagen mit Hellmeister, Camorro und Morgan aus der Garage rollte. Sie fuhren im schwachen, morgendlichen Verkehr auf die Innenstadt zu.

»Ich bin gespannt, ob seine Angaben stimmen«, sagte Morgan. »Ich habe zuerst geglaubt, er spinnt, als er sagte, Petersen gehe regelmäßig mit seiner Familie in die Kirche. Übrigens: Wer soll ihn abservieren?«

»Keiner«, sagte Hellmeister.

»Smith hat befohlen, daß wir ihn mitnehmen.«

»Du bist irre, Mann«, sagte Morgan. »Damit das Schwein mich nachher bei der Polizei identifiziert?«

»Wenn es dir nicht paßt, kannst du dich bei Smith beschweren, aber erst heute abend. Jetzt wird getan, was ich sage.«

Damit war für Hellmeister die Diskussion beendet.

Gegen 9 Uhr 30 hielten sie in der Nähe der kleinen, von Hochhäusern eingekeilten alten Kirche.

Merkwürdigerweise liegt diese kleine Kolonialkirche an einem der zentralsten und verkehrsreichsten Punkte der Stadt.

»Schalt den Warnblinker ein«, sagte Hellmeister zu Camorro, »und laß den Wagen langsam an die Kirche heranrollen.«

Hellmeister stieg aus, öffnete die Motorhaube und

machte sich im Motorraum zu schaffen. Camorro ging langsam auf den Kircheneingang zu und stellte sich nahe an die kurze, zum Portal hinaufführende Treppe.

Es war 15 Minuten vor 10 Uhr, als Hellmeister und Camorro ihre Positionen eingenommen hatten. Hellmeister behielt aus seiner gebückten Haltung die in die Kirche strömenden Menschen im Auge. Er wußte, den großen blonden Mann würde er sofort erkennen.

›Was für ein Wahnsinn‹, dachte er, ›da geht ein gläubiger Christ allsonntäglich in die Kirche, betet zu seinem Gott und bringt es fertig, ein junges Mädchen nicht nur zu entführen, sondern auch ihre Ermordung mit anzusehen. Wozu ist der Mensch fähig!‹

Er richtete sich auf, mußte sich jetzt konzentrieren. Er lehnte jetzt lässig an dem Kotflügel, so, als hätte er am Sonntagmorgen nichts anderes zu tun, als mitten in der Stadt ein Auto zu reparieren. ›Wenn jeder Tag so wie dieser wäre‹, dachte er, ›wären auch die Menschen anders. Es ist die Stadt, die die Menschen so werden läßt wie sie sind, die Hektik, der Lärm, der Zeitdruck, der Schmutz, die Desorganisation. All dies führt dazu, daß sie vergessen, wie es auch sein könnte, das Leben. Schließlich halten sie das alles für normal: Die Kinder mit den Zigarettenstangen an den Straßen, die den ganzen Tag die kohlenmonoxydverseuchte Luft einatmen, die kleinen Jungen, die versuchen, jedem an der Ampel haltenden Wagen die Fenster zu putzen, nur um ein paar Pesos zu verdienen. Nein, es war kein Leben, das diese Stadt für ihre Kinder bereithielt. Das war ein langsames Sterben.‹

Fast hätte Hellmeister für einen Moment vergessen,

warum er hier stand, wenn nicht durch Zufall sein Blick auf den an der Kirchentreppe wartenden Camorro gefallen wäre. Er deutete auf seine Uhr und zog leicht die Schultern hoch. Es war zwei Minuten vor zehn. Sollten sie heute kein Glück haben? Der Strom der Besucher ebbte ab. Dann wurde ihr Warten belohnt. Es war fünf nach zehn, als Hellmeister einen auffallend hochgewachsenen Mann, der eine ihm nur bis unter die Schulter reichende Frau am Arm führte, näher kommen sah. Hellmeister gab Camorro das verabredete Zeichen, indem er die Motorhaube zuklappte, sich ans Steuer setzte und den Motor startete.

Lucas Petersen kam näher. Wenig später passierte er den Chevette. Hellmeister sah Camorro nicht mehr. Er wußte, daß er sich in die Kirche zurückgezogen hatte. Petersen ging nun die Stufen zum Portal hinauf. Als er die ersten beiden Stufen betreten hatte, sah Hellmeister Camorro auf die oberste Treppenstufe treten. Camorro trat auf die beiden zu. In der rechten Hand hielt er jetzt eine kleine Pistole, mit der er Petersen zum Wagen trieb. Dann drehte er sich plötzlich um und gab einen Schuß ins Kircheninnere ab. Die Frau stieß einen spitzen Schrei aus und sank zu Boden.

Der ganze Vorgang hatte vielleicht zehn Sekunden gedauert, dann standen Petersen und Camorro vor der geöffneten Tür des Chevette, Petersen wurde auf die Rückbank neben Morgan gestoßen, Camorro stieg ein, und Hellmeister fuhr los.

Ruhig ordnete er sich in den langsam dahinfließenden sonntäglichen Verkehr ein. Schon nach einigen

Minuten hatten sie die zur Autopista del Sur führende Hauptstraße erreicht. Bereits von weitem sahen sie den weißen Range Rover vor der Firma Pfizer stehen. Schnell stiegen die vier Männer in den Rover um. Vargas' Diener nahm den Chevette, und die Wagen fuhren in unterschiedliche Richtungen davon.

Der Urwald von Caqueta ist undurchdringlich

Während sich Hellmeisters Truppe auf den Weg in Richtung Süden machte, war der Jet, mit dem Greenberg und Whitherspoon am Morgen in Cartagena gestartet waren, bereits seit einer Stunde hinter der im Urwald der Provinz Caqueta gelegenen Jagdvilla gelandet. Sie waren von Smith und Forbes empfangen worden. Smith, der die ganze Zeit über in nervöser Spannung gelebt hatte, war zufrieden über den positiven Verlauf der Aktion in Cartagena. Jetzt konnte man darangehen, den entscheidenden Schlag gegen die LPC zu führen.

Die vier Männer saßen zu der Zeit, als Camorro in Bogota den Range Rover startete, im großen, holzgetäfelten Saal der Villa.

An der dem Fenster gegenüberliegenden Wand hatte Smith eine quadratmetergroße schematische Zeichnung der Umgebung aufgehängt.

Er stand auf und ging zu der Karte hinüber. »Hier sind wir«, sagte Smith und fuhr mit dem Finger über das weiße Papier zu einem anderen Punkt, »dort ist das Camp der LPC. Von hier aus gibt es zwei Möglichkeiten: Wir können über die Landstraße, über die ihr gekommen seid, zurück nach Fuente de Oro, ein Stück weiter hinauffahren und den Rest dann in ziemlich unübersichtlichem Gelände zu Fuß bewältigen. Die ganze Zeit über ist die Gefahr groß, entdeckt zu werden, denn in diesem Gebiet gibt es kaum Rucksacktouristen.«

Der Fußmarsch hinauf zur Hütte würde dann noch mindestens zwei Stunden dauern.

Die andere Möglichkeit ist die anstrengendere, denn wir würden auf die Wagen verzichten müssen und von hier aus den Weg quer durch den Urwald nehmen. Wenn wir den Berg hier umrunden«, Smith zeigte auf einen Punkt der Karte, »dann beträgt die Strecke etwa 70 Kilometer, denn wir haben einen 1200 Meter hohen Berg zu überwinden. Kurz hinter dem Gipfel auf der anderen Seite liegt das Lager der Terroristen.« Smith schwieg und merkte, daß die Männer nicht besonders begeistert waren von den beiden angebotenen Möglichkeiten.

»Wie lange brauchen wir für die Strecke durch den Wald?« fragte Greenberg, dem die Vorstellung, einen langen Gewaltmarsch machen zu müssen, gar nicht behagte.

»Etwa neun bis zehn Stunden«, antwortete Forbes, der die Strecke kannte, und fügte hinzu: »Aber ich kann dir sagen, daß die andere Alternative die schlechtere ist. Ich denke, daß wir, wenn wir gleich hier zu Fuß starten, die besseren Chancen haben, denn von dieser Seite aus erwarten die Terroristen mit Sicherheit keinen Angriff.«

»Zehn Stunden zu Fuß, dazu mit vollem Marschgepäck, na, ich danke«, sagte Whitherspoon kühl.

»Hört mal zu«, sagte Smith. »Ihr müßt euch klarmachen, welche Möglichkeit das geringste Risiko für die Aktion und uns darstellt, dann kommt ihr ganz schnell zur Entscheidung.«

Nach kurzem Schweigen sagte Greenberg: »Es gibt nur eine einzige Möglichkeit, aber dafür bitte ich um eine Sänfte.«

»Du hast recht«, erwiderte Whitherspoon, »das ist die einzige vernünftige Lösung.«

»Finde ich auch«, stimmte Smith zu, »Wir müssen hier durch. Ich bin froh, daß wir uns einig sind. Abmarsch ist heute abend um sechs Uhr.«

Er war zufrieden mit der getroffenen Entscheidung.

Gegen 4 Uhr dreißig sollte der Koch eine Mahlzeit bereithalten, denn Smith erwartete Hellmeisters Erscheinen.

Geht Echeverri auf Morans Plan ein?

Der vom Präsidenten vorgeschlagene Friedensdialog war durchaus nicht unumstritten. Zumindest in den verschiedenen politischen Parteien und beim Militär, das besonders stark unter Angriffen der Guerillas zu leiden hatte, bestanden erhebliche Bedenken. Allgemein glaubte man, eine Amnestie würde nur zu verstärktem Zulauf zu den Terrorgruppen führen. Die Aufrührer hätten eine Ruhepause und könnten sich neu organisieren. Aber, und das war Calderon weit wichtiger als die Kritik des Militärs, die Bevölkerung reagierte ausgesprochen positiv.

In Lamalfas Ministerium gingen täglich eine Reihe von Anrufen ein, in denen der Präsident zu seinem Vorschlag beglückwünscht wurde. Jetzt endlich bestünde eine Chance für ein Ende der Gewalttaten. Doch auch von seiten einiger Guerillagruppen gab es schon am nächsten Tag Reaktionen. Sie versuchten zu erfahren, wie ernst die Angebote gemeint waren und wie sich die Regierung eine Zusammenarbeit vorstellte. Natürlich waren dies nur erste, zögernde Kontakte. Dennoch signalisierten sie Lamalfa, daß auch auf der anderen Seite der Wunsch nach einer friedlichen Zusammenarbeit bestehen könnte.

Am ersten Tag nach Calderons Rede zeigte sich jedoch, daß es noch keine Reaktionen von seiten der wichtigsten und gefährlichsten Gruppen gab. Lamalfa war klar, daß sowohl die LPC als auch die ELP nur dann für diesen neuen Weg zu gewinnen sein würden, wenn positive Ergebnisse erzielt werden konnten. Calderon wiederum war bewußt, daß es sein politisches Ende bedeuten würde, wenn sein Plan scheitern sollte. Wenn eine gestärkte Guerilla aus einer kurzen Periode des Friedens hervorgehen würde, dann würde man ihn stürzen und als Versager hinstellen, der dem Volk nichts als Elend und Leid gebracht hatte. Dennoch war er überzeugt davon, nur den friedlichen Weg zu mehr Recht und Ordnung verantworten zu können. Er hatte die Ablehnung Morans und Portillos deutlich gespürt, doch er war auch sicher gewesen, mit seiner festen Haltung die beiden Zweifler beeindruckt zu haben.

Um so überraschter war er, als sich am Tag nach dem Überfall auf das Zuchthaus sein alter Freund und Weggefährte Echeverri zu einem Besuch ansagte.

»Ich komme zu dir nach Hause«, hatte Echeverri gesagt.

»Ich möchte aber auf keinen Fall gesehen oder erkannt werden.«

Calderon hatte gelacht und gesagt: »Das wird ja eine geheimnisvolle Angelegenheit.« Echeverri blieb ernst und meinte: »In der Tat.« Dann legte er auf.

Calderon wartete in seinem Arbeitszimmer auf Echeverri. Es war genau 21 Uhr, als der hochgewachsene Mann den hell erleuchteten Raum betrat.

Der Präsident ging langsam auf ihn zu und umarmte ihn herzlich. »Wir haben uns in letzter Zeit zu wenig gesehen«, sagte er.

»Da hast du allerdings recht«, antwortete Echeverri ruhig und fuhr fort, indem er sich in einen der Ledersessel am Fenster setzte: »Ich kann dir nicht sagen, wie unsagbar leid es mir tut, daß Carla nicht mehr bei euch ist.«

Calderon schwieg.

»Es ist ein Virus über uns gekommen«, sagte er nach einiger Zeit. »Alle sind davon befallen, es scheint die ganze Vernunft in uns zu töten, es ist das Virus des Todes.«

»Ich wußte immer, daß du einen Hang zur Philosophie hast«, sagte Echeverri lächelnd, »das war immer dein größter Fehler, denn Philosophen schweben in den Wolken.«

»Ich weiß, ich weiß, aus dir spricht der Praktiker«, sagte Calderon milde lächelnd und schenkte Echeverri einen großen Scotch ein, »aber eines Tages wirst auch du mir recht geben müssen, irgendwann werden alle einsehen, daß es keinen Sinn hat, sich gegenseitig umzubringen. Aber du bist doch sicher nicht gekommen, um mit mir über meine Ansichten zu streiten?«

»Um es kurz zu machen, in deiner Regierungsmannschaft gibt es Verräter«, sagte Echeverri knapp.

Calderon starrte seinen alten Freund an: »Verdächtigst du jemanden?«

»Moran und Portillo.«

»Woher weißt du es?«

»Sie waren gestern bei mir, um mich als Anführer einer Verschwörung gegen dich zu gewinnen.«

Calderon schwieg lange und schaute vor sich hin. Er wußte, daß er zu lange die Augen vor der Realität verschlossen hatte.

»Warum bist du nicht sofort gekommen? Du hast

überlegt, ob du mitmachen sollst?« fragte Calderon schließlich.

»Keine Sekunde, ich mußte nur sehr vorsichtig sein, die beiden sind nicht dumm.«

Dann berichtete Echeverri dem Präsidenten alle Einzelheiten des von Moran und Portillo vorgeschlagenen Plans.

Sie wurden noch in der selben Nacht verhaftet.

Die Entscheidung

Als Smith die Besprechung in der Urwaldvilla beendete, hatten Hellmeister und seine Begleiter bereits einige Kilometer auf dem Weg nach Süden zurückgelegt. Der sonntägliche Rückreiseverkehr aus der Tierra Caliente hatte schon am frühen Nachmittag eingesetzt, so daß sich ihnen eine lange Wagenkarawane entgegenschob. Sie erreichten das Dorf Colegio kurz vor drei Uhr nachmittags. Es war noch von Besuchern überlaufen, denn es liegt nahe den Tequendama Wasserfällen, die ähnliche Besucherströme anlocken wie die Niagarafälle. Sie schwenkten hinter Colegio in Richtung der Fälle ein und folgten einer gut ausgebauten Straße bis zum riesigen Parkplatz in der Nähe der Fälle. Schon aus einiger Entfernung sahen sie, daß alles glatt zu laufen schien. Inmitten Hunderter Autos stand ein kleiner Hubschrauber und wartete auf seine Fahrgäste. Der Parkplatz war umgeben von hohen Bäumen und Farnen. Die Männer stiegen aus und gingen hinüber zum Hubschrauber. Die Seitentür der gläsernen Kanzel öffnete sich, als sie sich bis auf wenige Meter genähert hatten. In der Sekunde, in der ein Mann aus Perez' Truppe aus der Maschine heraussprang, begann sich das Rotorblatt des Helikopters langsam in Bewegung zu setzen.

Sie hatten kaum Platz genommen und sich angeschnallt, da spürten sie, wie der Hubschrauber schwankend vom Boden abhob. Bereits zwei Minuten später hatten sie den Erdboden 100 Meter unter sich gelassen.

Der Koch hatte sich wirklich Mühe gegeben, alles so gut herzurichten wie möglich. Der Raum, den Smith und seine Leute am frühen Nachmittag für ihre Besprechung genutzt hatten, war jetzt, um 4 Uhr 30, als sich der Schatten des Dschungelnachmittags niedersenkte, festlich geschmückt.

Die Männer waren in den grauen Militärdrillich gekleidet, den sie auch während des Trainings getragen hatten. Durch die Tür zur Küche schaute von Zeit zu Zeit der kleine Koch hindurch, um zu sehen, ob Smith ihm das Zeichen zum Auftragen des Essens gab. Doch Smith wollte die Gelegenheit zu einer kurzen Ansprache nutzen.

»Heute ist die Nacht der Entscheidung. Señor Vargas hat mir in einigen Gesprächen, die wir seit unserer Ankunft geführt haben, die Situation geschildert, in der sich so viele Menschen bei uns befinden. Täglich geschehen Gewaltakte. Wir werden beweisen, daß sich eine Gegenmacht formiert hat, die gegen Entführer und Mörder vorgeht. Unsere Aufgabe ist die Zerstörung der Organisation der LPC. Ich hoffe, euch allen ist klar, daß wir hier eine Aufgabe übernehmen, zu der die Polizei verpflichtet wäre.«

Smith hatte seine Rede beendet und setzte sich wieder. Das Festessen begann, doch die rechte Stimmung wollte nicht aufkommen.

Gegen 5 Uhr zwanzig wollten die Diener damit beginnen, das Hauptgericht zu servieren, als die Gesellschaft durch das Geräusch des herannahenden Hubschraubers in Spannung versetzt wurde. Sie wußten, es war Hellmeister! Smith stand auf und ging den Ankömmlingen entgegen.

Er drückte zuerst Hellmeister die Hand, dann Morgan und Camorro. Dann fragte Smith mit mühsam unterdrückter Erregung: »Na, wie ist es gelaufen?« Ihm fiel ein Stein vom Herzen, als Hellmeister lachend sagte: »Melde gehorsamst, Befehl ausgeführt, Kommandant!«

Der Abmarsch verzögerte sich durch Hellmeisters Bericht um zwanzig Minuten. Dann brachen sie auf.

Vierzehn der sechzehn Männer stiegen bepackt mit Maschinengewehren, Pistolen, Schrotflinten, Seilen, Macheten, Messern und Handgranaten in den vor dem Haus wartenden Mannschaftswagen, der sie an eine Urwaldpassage brachte. Die Wagen sollten, nachdem sie die Männer abgesetzt hatten, auf die andere Seite des Berges gebracht werden, um dort die Zurückkehrenden zu erwarten.

Die Dämmerung kündigte das Nahen der Dunkelheit an, und den Männern, die sich im Mannschaftswagen gegenübersaßen, war klar, daß der Weg durch den nächtlichen Urwald gefährlich war. Der einzige, der in diesem Kreis schwerbewaffneter Männer ein wenig fehl am Platze wirkte, war Forbes, der Sprengstoffspezialist. Er war wesentlich älter als die anderen und hatte keine Waffe bei sich. Das einzige, was er bei sich trug, war ein kleiner Rucksack. Jeder der Anwesenden wußte es: Wenn er im falschen Moment hochging, waren sie alle hinüber. Bis zu der jetzt bereits im

Finsteren liegenden Urwaldschneise brauchten sie kaum eine halbe Stunde. Von hier aus mußten sie zu Fuß nach Südosten vordringen.

Die Wagen hielten auf dem schlammigen Urwaldweg. Die Männer sprangen aus den Wagen und landeten auf dem schweren, wasserdurchtränkten Boden. Sie befanden sich in einer Gegend, in der mehrere Zuflüsse des Amazonas entspringen. Sie hatten bereits auf der Fahrt zur Schneise heftig zu schwitzen begonnen. Die Temperatur lag immer noch bei etwa 30 Grad, die Luftfeuchtigkeit bei ungefähr 95. Dunkelheit umgab die Männer, nur die Scheinwerfer strahlten durch das feuchte Grün, das den schmalen Weg säumte. Smith sprang als letzter aus dem Wagen. »Carl, wir gehen voran«, sagte er, griff in die Seitentasche seines Rucksacks und brachte eine schwere Taschenlampe zum Vorschein. Er befahl einem Mann aus Perez' Truppe, sich dicht hinter ihm zu halten und eine Machete schlagbereit zu haben. Er wußte, daß sie sich den Weg erkämpfen mußten.

Sie begannen den gefährlichen Marsch durch die schwüle Nacht. Sie drangen hintereinander in das Dickicht ein, das sich sofort wieder hinter ihnen schloß. Der Weg führte sie immer tiefer hinein in immer unübersichtlicher werdendes, hügeliges Gebiet. Völlige Finsternis umgab sie, denn kein Strahl des Mondes drang in das Dickicht. Matsch und Blätter klebten bald an den bis zu den Waden reichenden Stiefeln der Männer. Langsam, Schritt für Schritt kamen sie in Richtung Südwesten voran. Alle zwanzig Minuten wurde der vorangehende Mann mit der Machete abgelöst. Schon nach kurzer Zeit hatten viele von den auf den Pfad hinabhängenden Ästen blutige Risse im Gesicht. Der Schweiß brannte in den Wunden. Greenberg, der direkt hinter Smith ging, hatte seinen Humor noch immer nicht ganz verloren und murmelte von Zeit zu Zeit: »Taxi bitte«, aber die Männer sparten die Kraft, die das Lachen gekostet hätte. Um sie herum gab es in den nächsten Stunden nichts außer dem Dschungel.

Mit dem Kompaß bestimmte Forbes die Richtung und gegen 10 Uhr nachts hatten sie die Stelle erreicht, an der er seinen Tropenhut versteckt hatte. Ab hier mußten sie nach Süden abbiegen. Ihr Weg führte sie nun direkt in Richtung des Dörfchens La Union. Stunde um Stunde bahnten sie sich ihren Weg.

»Wir rasten eine Weile«, sagte Smith gegen Mitternacht zu den erschöpften Männern. »Carl, wie ist unsere Position?«

»Wir sind schneller als geplant«, antwortete Forbes. »Ich schätze, daß wir nur noch eine halbe Stunde vom Fuß des Berges entfernt sind, für die 1000 Meter Aufstieg brauchen wir noch einmal eine Stunde. Kurz vor 2 Uhr können wir den Berg hinter uns haben.«

Kurze Zeit darauf brach der Trupp wieder auf. Er erreichte den Gipfel des Berges um 1 Uhr 30.

Völlig erschöpft von dem Gewaltmarsch ließen sich einige der Männer auf den morastigen Dschungelboden fallen. Schwer atmend blieben sie minutenlang dort liegen, bis Smith sie ermahnte, ihre Kleidung nicht völlig naß und dreckig werden zu lassen. Mühsam rafften sie sich auf. Sie tranken Wasser aus den mitgebrachten Feldflaschen, Hartwurst und Brot wurde herumgereicht. Schweigend standen sie in der unheimlichen Stille des nächtlichen Urwalds.

Es waren fünfzehn Minuten vergangen, als Smith Forbes anwies, ihm den Weg zum Hauptquartier der Gruppe zu zeigen. Sie mußten jetzt, das wußten die Männer, noch vorsichtiger werden, denn je näher sie dem nur noch wenige Meter entfernten Lager kamen, desto größer war die Gefahr, entdeckt zu werden. Für den 500 Meter langen Weg brauchten sie fast eine Stunde. Schritt für Schritt tasteten sie sich im schwachen Schein der abgeblendeten Taschenlampe voran.

Endlich lag das ausgedehnte, aus massiven Holzbohlen bestehende Hüttensystem vor ihnen. Scheinbar gab es an der gesamten Rückwand kein einziges Fenster. Nur durch die Ritzen der Bohlen schimmerte hier und da ein schwacher Lichtschein. Smith setzte, neugierig geworden, einen Schritt vor den anderen, immer näher kam er heran. Äste knackten unter seinen Schritten. Plötzlich spürte er die Hand seines Freundes auf der Schulter. Smith verstand, daß Forbes ihn zur Vorsicht mahnen wollte. Er nickte. Das Gebäude war von einem etwa 10 Meter breiten, gerodeten Streifen umgeben. »Das Ding sieht mir aber verdammt stabil aus«, flüsterte Smith. »Was meinst du, wie wir vorgehen sollten?«

Forbes überlegte einen Moment und sagte dann: »Wir müssen dafür sorgen, daß uns keiner der Typen durch die Lappen geht. Wenn wir vorne reingeh'n, kommt es wahrschenlich zu einem Kampf. Mann gegen Mann. Das könnte uns ein paar unserer Leute kosten.«

»Das Problem ist, daß wir alle gefangennehmen müssen«, sagte Smith. »Wir werden nicht zu Mördern werden.«

»Zumindest müssen wir versuchen, einen Teil der Leute lebendig zu fassen. Den Rest muß Vargas selbst erledigen.«

Forbes schwieg, er wußte nicht so recht, was Smith sich dabei dachte, denn Vargas' Auftrag lautete, die Terroristen zu liquidieren.

»In jedem Fall müssen wir ihre Flucht verhindern, denn wenn sie uns entwischen, wird nichts gezahlt, das ist sicher«, sagte Smith. »Du wirst sicherheitshalber einige Sprengladungen um das Haus verteilen. Für den Fall, daß sie auf unsere Aufforderung, das Haus ohne Waffen, mit erhobenen Händen zu verlassen, nicht reagieren, können wir immer noch handeln.«

Eine knappe Stunde später waren sie wieder bei den anderen. Es war einige Minuten nach halb vier Uhr morgens, als ihnen das Kreischen der erwachenden Vögel den nahenden Tag ankündigte. Sie brachen auf. Eine Stunde später standen sie vor der Hütte. Fast schien es, als gäbe es kein Leben mehr in dem Haus. Doch der Schein trog. Die 14 Männer standen staunend vor dem Bauwerk. Scheinbar uneinnehmbar wie eine Burg lag das Gebäude vor ihnen. Sie waren genau bis zu jener Stelle gekommen, an der Smith und Forbes vor fast zwei Stunden gestanden hatten. Der entscheidende Schlag mußte geführt werden. Ihnen durfte jetzt kein Fehler unterlaufen. Wenn die Männer in der Hütte bemerkten, was sich um sie herum zusammenbraute, würden sie das Gebäude sofort durch die beiden Seiteneingänge verlassen können und in wenigen Sekunden im Dickicht des Urwalds verschwunden und unauffindbar sein.

Forbes brachte 5 grün umwickelte, runde Päckchen zum Vorschein. Er legte sie säuberlich nebeneinander und begann, sie mit einem Kabel zu verbinden. Nach einigen Minuten sagte er: »Fertig, es kann losgehen!« und stand auf. »Ihr müßt darauf achten«, raunte Forbes, »daß euch das Kabel nicht rausrutscht, wenn ihr losrennt, sonst is' nix mit Kettenzündung, und wir sprengen nur ein Loch in eine der Wände.«

Langsam setzten sich die Männer in Bewegung. Schritt für Schritt gingen sie hintereinander in das Dickicht hinein. Sie waren etwa 30 Meter vom Blockhaus entfernt. Forbes wußte, daß sie erst die vor dem Eingang sitzende Wache ausschalten mußten, bevor sie die Sprengladung legen konnten. Den Zünder in der Hand ging er voran.

Nach einer halben Stunde hatten sie den schmalen Weg in einem Abstand von 30 Metern vom Haus erreicht. Er führte direkt auf den Eingang zu. Morgan nickte Forbes zu, die Aktion konnte beginnen. Forbes steckte das Ende des Zündkabels in den Zünder, indem er Morgans Nicken erwiderte.

Morgan zog das schwere Messer aus dem Sockenhalter und ging direkt auf das Haus zu. 30 Meter lagen vor ihm. Kalt fühlte sich die rasiermesserscharfe Klinge in seiner Hand an. Noch 25 Meter, er sah schemenhaft den dunklen Posten vor dem Haus sitzen. Noch 20 Meter, der Posten schaute auf, offenbar hörte er die Schritte. Er stand auf und kam ein paar Schritte auf Morgan zu, der für ihn in der Finsternis nicht erkennbar war.

»Henry?« fragte er plötzlich laut. Noch 9, noch 8 Meter. Blitzschnell holte Morgan mit dem rechten Arm aus, und wie aus einem Katapult löste sich das Messer aus seiner Hand. Der Wächter gab noch einen gurgelnden Laut von sich und starb.

Morgan lief zurück in das Dickicht und gab den anderen das Zeichen zum Angriff.

Innerhalb von einer Minute waren die Sprengladungen gelegt. Ein Pfiff gellte durch die Nacht. Die Scheinwerfer blendeten vor und hinter dem Haus auf und tauchten es in gleißende Helligkeit.

»Sie sind umstellt«, klang laut Smiths Stimme durch die Nacht. »Kommen Sie ohne Waffen und mit erhobenen Händen aus dem Haus. Wir geben Ihnen zwanzig Sekunden Zeit.«

Smith wiederholte diese Sätze, doch es gab keine Reaktion. Fast hätte man vermuten können, daß niemand im Haus wäre. Doch dann, die zwanzig Sekunden waren noch nicht vergangen, wurde das Feuer auf sie eröffnet. Die lauten, rasselnden Maschinengewehrsalven kamen scheinbar aus den Ritzen zwischen den Bohlen.

Die Kugeln schlugen über ihnen in den nahen Bäumen ein, brachen Äste, brachten einigen Männern Verletzungen oder den Tod. Smith brauchte ein paar Sekunden, um zu begreifen, daß er naiv genug gewesen war, seine eigenen Leute dieser Gefahr auszusetzen. »Zünden«, schrie er durch die Nacht.

Kurz nacheinander detonierten die fünf Ladungen

und ließen den Urwaldboden unter ihren Füßen zittern.

›Ich habe das nicht gewollt‹, dachte Smith. Gleißend hell, fast weiß, blitzten die fünf Explosionsherde auf. Laut klang der Donner der Detonationen durch die Stille. Das feste Balkenwerk barst, und die Bohlen wurden teilweise meterhoch geschleudert. Wie gebannt schauten die Männer aus dem Dickicht dem Schauspiel zu. Die Maschinengewehrsalven hatten aufgehört.

Die Vorderfront fiel ein, die Seitenwände blieben nur teilweise stehen. Das Dach stürzte zusammen und begrub einige Leute unter sich. Brandherde entstanden. Es roch nach verkohltem Holz, Pulver und Rauch.

Ungefähr eine Minute war seit der Sprengung vergangen, als Smith seinen Leuten den Befehl zum langsamen Vorrücken gab.

»Kommen Sie mit erhobenen Händen raus«, rief er durch das Megaphon noch einmal in das brennende Gebäude hinein. Es dauerte eine, vielleicht zwei Minuten, bis einige verletzte Männer erschienen. Mit hinter dem Kopf verschränkten Armen schwankten sie Smith und seinen Leuten entgegen.

Mit rußverschmierten Gesichtern, teilweise schwerverwundet, standen nach einiger Zeit etwa 15 Männer vor dem Haus. Smith befahl ihnen, eine Reihe zu bilden und sich auf den Boden zu legen. Er befahl Hellmeister und Morgan im Haus nach Verletzten Ausschau zu halten und schritt selbst die Reihe der vor dem Haus Liegenden ab. Perez hatte ihm ein Zeitungsfoto von Valdez mitgegeben, aber er konnte den

Mann, den er suchte, nicht finden. Hellmeister kam aus dem Haus. »Drei oder vier Schwerverletzte, was machen wir mit ihnen?« fragte er. »Versorgen und mitnehmen«, sagte Smith knapp.

»Ist Henry Valdez unter den Verletzten?« fragte er.

In der Sekunde, in der er seine Frage gestellt hatte, wußte Morgan, der neben Hellmeister stand, daß sie einen Fehler gemacht hatten.

»Als ich vorhin auf die Wache zuging, fragte der Typ, Henry? Wahrscheinlich wurde Valdez erwartet. Er muß auf dem Weg hierher gewesen sein, als wir angriffen.«

»Er sagte Henry«, rief Smith, »und du hast nicht reagiert?«

»Ich wußte nicht, daß Valdez Henry heißt«, sagte Morgan leise.

Smith gab ihm den Befehl, sich um die Gefangenen zu kümmern. Er nahm sich noch mit Hellmeister die Zeit, nach den Verletzten der eigenen Truppe zu schauen. Glücklicherweise gab es keinen Toten, nur drei Männer aus Perez' Truppe waren schwerverwundet. Sie wurden notdürftig versorgt.

Smith wußte, daß die Aktion jetzt keineswegs beendet war. Sie begann vielleicht jetzt erst richtig. Valdez mußte er haben, ohne ihn wäre alles umsonst gewesen. Wenn er aber auf dem Weg ins Camp gewesen war, als sie das Lager sprengten, war er jetzt gewarnt. Smith fuhr sich hektisch mit der flachen Hand durch das schmutzige, schweißnasse Gesicht. Die Männer warteten auf seine Anweisungen. »Er darf uns nicht entwischen«, sagte er leise.

Sie begannen den Abstieg. Das Lager brannte. Viele der Männer, die am Tag zuvor aus dem Zuchthaus entflohen waren, befanden sich unter den Getöteten. Die Verletzten ließ man in den Trümmern zurück, sie konnten zu keiner Gefahr mehr werden. Smith interessierte nur eines: Valdez durfte nicht entkommen.

Als die Detonationen durch den Urwald dröhnten, befanden sich Valdez und Salazar auf dem Weg zurück ins Camp. Als die Schüsse fielen, hatten sie erst einen kleinen Teil des Aufstiegs hinter sich gebracht. Am Nachmittag dieses Tages hatte Valdez versucht, Orlandini in Cartagena zu erreichen, um mit ihm über das Friedensangebot des Präsidenten zu sprechen.

Er hatte den Professor nicht mehr erreicht. Orlandini befand sich zu diesem Zeitpunkt bereits im Leichenschauhaus der Stadt Cartagena. Dr. Graves, der diensthabende Arzt hatte noch in der Nacht zuvor das Ergebnis seiner Obduktion bekanntgegeben. Tod durch einen Schuß durch die Stirn im Bereich der Nasenwurzel. Valdez erfuhr die Nachricht von Orlandinis Frau. Wut und ohnmächtiger Zorn mischten sich in seine tiefe Trauer. Der Mann, dessen Lehren seine Bibel wurden, war tot. Noch lange, nachdem Orlandinis Frau den Hörer aufgelegt hatte, hielt Valdez den seinen in der Hand. Plötzlich hatte er zu sprechen begonnen, als wäre sein Idol am anderen Ende der Leitung, so wie in früheren Tagen. Es war Salazar, der dem geschockten Valdez den Hörer vorsichtig aus der Hand genommen und weggeführt hatte.

»Nationaler Friedensdialog«, begann Valdez vor sich hin zu murmeln, als sie sich auf den Weg zum Camp gemacht hatten. »In der Öffentlichkeit verkünden sie das große Friedensangebot und aus dem Hinterhalt erschießen sie wehrlose alte Männer.«

Salazar schwieg, während Valdez den alten, klapprigen Wagen steuerte. Er dachte sich seinen Teil.

Die Dinge waren in den letzten Minuten eskaliert.

Er hatte immer befürchtet, daß alles so kommen würde. Er sah den vor sich hinstarrenden Valdez neben sich sitzen und wußte, daß er nicht mehr der Mann war, dem er einmal gefolgt war. Ihm war klar, wie Valdez die Nachricht vom Tod Orlandinis auslegen würde. Er würde versuchen, diese Tat als Beweis für die Hinterhältigkeit des Staates hinzustellen. Valdez würde es damit gelingen, die Männer für seine Pläne zu gewinnen. Insbesondere jene, die sich erst seit ein paar Stunden wieder in Freiheit befanden. Und was noch bedrückender war, der Kampf würde brutaler und härter werden als je zuvor, nicht zuletzt um Orlandini zu rächen.

Salazar bezweifelte, daß Orlandini im Auftrag des Präsidenten ermordet worden war.

Er glaubte vielmehr, daß es in Calderons Kabinett oder im Militär Kräfte geben mußte, die den vorgeschlagenen Dialog nicht wollten. Salazar nahm an, daß interne Gegner des Präsidenten die Galionsfigur der Revolution ermorden ließen, um den Dialog zu torpedieren. Ein schlauer Plan. Doch wenn man ihn durchschaute, gäbe es um so mehr Gründe, Calderon zu trauen.

All das ging Salazar durch den Kopf, als sie schweigend den Aufstieg zum Camp begonnen hatten. Doch dann hörten sie die Schüsse und Explosionen und danach die unheimliche Stille.

Sie wußten jetzt, daß sie gejagt wurden.

Nur wußten sie nicht, wer sie jagte. Sie würden es nie erfahren.

Ihnen war klar, daß es keinen Sinn hatte, zum Lager aufzusteigen. So liefen sie den schlammigen, finsteren Urwaldweg hinunter, dem Platz entgegen, an dem Valdez wie immer den Wagen versteckt hatte.

»Irgendwie müssen diese Leute doch hierhergekommen sein«, sagte Valdez plötzlich, »und so müssen sie hier auch wieder weg.« Er schwieg und rannte wie gehetzt zur Landstraße hinunter. Eine knappe halbe Stunde, nachdem sie die Detonation gehört hatten, waren sie bei dem im Dickicht versteckten Wagen.

Wirr hingen Valdez die Haare ins Gesicht. Er war blutverschmiert und von Ästen zerkratzt. Schweiß perlte von seiner Stirn.

Parallel zu dem durch den Wald führenden Weg schlichen Valdez und Salazar durch das Dickicht. Sie überquerten den Weg, der zur Hütte hinaufgeführt hatte, und nach weiteren 200 Metern fanden sie ihre Vermutung bestätigt. In einer Entfernung von 100 Metern sahen sie im Morgengrauen einen Jeep und einen Mannschaftswagen stehen.

»Die servier' ich ab«, sagte Valdez mit heiserer Stimme und hatte von einer Sekunde auf die andere eine Pistole in der Hand. »Du kommst mit«, sagte er. Salazar wußte, daß es keinen Zweck hatte, zu widersprechen. Gemeinsam schlichen sie auf die wartenden Fahrzeuge zu.

Wenig später standen sie, immer noch verdeckt

von dichtem Gebüsch, neben dem Fahrerhaus des Lastwagens. Sie sahen drei Männer nebeneinandersitzen.

Valdez zog die schwere Luger aus seinem Schulterhalfter. »Worauf wartest du, verdammt?« fragte er Salazar. Zögernd griff Salazar zu seiner kleinen Pistole.

»Wir machen einen Fehler«, versuchte er, Valdez umzustimmen, doch es gab kein Zurück mehr.

Eine Sekunde lang dachte er daran, Valdez zu erschießen. ›Du schaffst ihn dir vom Hals‹, dachte er, ›es wird nie herauskommen, wer ihn erschossen hat.‹ Doch dann fiel ihm ein, daß er damit sofort die Männer aus dem Lastwagen auf sich hetzen würde.

Er mußte Valdez wieder einmal auf einem verhängnisvollen Weg folgen.

Langsam und vorsichtig schlichen sie sich seitlich an den Wagen heran. Dicht an die hölzernen Seitenklappen gepreßt, näherten sie sich in geduckter Haltung dem Fahrerhaus. Valdez robbte unter dem Wagen durch auf die andere Seite, schaute, als er den Weg hinter sich gebracht hatte, unter dem Wagen hindurch, blickte Salazar kurz an und ballte dann ruckartig die linke Hand. Das war für Salazar das Startzeichen. Gleichzeitig rissen sie eine Sekunde später die Seitentüren des Mannschaftswagens auf und feuerten. Bernie Ohlson, Bill Townsend und Carlos Camorro starben im Hagel der Geschosse.

Nachdem sie ihre Pistolen leergeschossen hatten, liefen die beiden Männer zurück zu ihrem Wagen und fuhren davon.

Smith und seine dem Tal zustrebende Mannschaft hörten die Schüsse, als sie noch etwa 45 Minuten von der Straße entfernt waren. Sie ahnten, was passiert war. Zu regelmäßig war die Schußfolge, das war kein Schußwechsel. Die Sonne war bereits aufgegangen, als sie die beiden Wagen erreichten.

Die Türen des Lasters standen weit offen, nichts regte sich. Smith wußte, daß seine Männer tot waren. Trotzdem rannten sie auf die geöffnete rechte Seitentür zu.

Erschöpft blieben sie vor der Tür stehen und blickten auf die drei toten Männer. Blut sickerte langsam über die dunkelgrünen Plastiksitze und tropfte auf den Boden des Fahrerhäuschens. Mit der flachen Hand schlug Smith gegen das Innere der geöffneten Tür.

»Scheiße!« brüllte er laut. Leise fügte er hinzu: »Da war eine Lücke, ich habe nicht aufgepaßt.«

Nach einigen Sekunden spürte er, wie er mit leichtem Druck zur Seite geschoben wurde. Jeff Ohlson wollte seinen Bruder sehen. Er stieg zum Fahrerhaus hinauf. Behutsam nahm er seinen Bruder auf die Arme und trug ihn hinaus. Nachdem er den Toten auf den Boden gelegt hatte, kniete er neben ihm nieder.

Die Männer schwiegen. Erschöpfung stand auf ihren Gesichtern.

Ohlson atmete stöhnend. Sein Brustkorb hob und senkte sich sichtbar. Smith hockte sich neben ihn.

Leise sagte er: »Du kannst dir nicht vorstellen, wie leid es mir tut.« Ohlson schwieg. Nach einiger Zeit sagte er: »Ich hätte ihn nicht allein lassen dürfen«, und Smith sah, wie die Tränen über seine Wangen liefen. Smith stand auf, zog Ohlson hoch und gab Anweisung, die Toten mit dem Mannschaftswagen zur Hacienda zu bringen.

»Jeff, wenn wir sie kriegen wollen, müssen wir sofort fahren«, sagte er zu Ohlson. Als würde er aus einem langen Traum erwachen, schaute ihn der Freund an und nickte abwesend. Dann ging er gemeinsam mit Greenberg und Smith auf den wenige Meter entfernt stehenden Jeep zu, Greenberg setzte sich ans Steuer, Smith neben ihn. Ohlson nahm auf dem Rücksitz Platz.

Die Verfolgungsjagd begann.

Als Smith und seine beiden Begleiter die Verfolgung aufnahmen, hatten Valdez und Salazar 1 Stunde Vorsprung gewonnen. Valdez wollte versuchen, die Hauptstadt zu erreichen. Nur dort konnte er sich sicher fühlen, hatte er gesagt. Salazar war nicht seiner Meinung. Die Fahrt würde mindestens 10 Stunden dauern, mit allen Risiken, die das mit sich bringen würde. Aber er mußte erkennen, daß Valdez rationalen Argumenten nicht mehr zugänglich war. Über 350 Kilometer lagen vor ihnen, auf schlechten, anfänglich noch einsamen, später stark befahrenen Straßen.

Der Weg nach Garzon war schwer, denn die lehmige Strecke war mit tiefen Löchern übersät. Der Renault 12, aus kolumbianischer Produktion, hatte die Strecke bisher immer gut bewältigt, doch für Verfolgungsjagden war er nicht geschaffen. Tief brach er in die wassergefüllten Schlaglöcher des Urwalds ein. Die Fenster waren nach kurzer Zeit undurchschaubar geworden, so daß die Fahrt einem

Blindflug glich. Hinter Garzon hatten sich die Straßenverhältnisse gebessert, so daß sie jetzt besser vorankamen.

Valdez steuerte den Wagen wie besessen. Wirr hing ihm sein langes, schwarzes Haar in die Stirn. Schweiß rann von seinem dreckstarrenden Gesicht. Nur wenn Valdez ihm ab und zu das Gesicht zuwandte, bemerkte Salazar, daß ihn die Augen eines Irren anblickten. Es waren die Augen eines Mannes, der nicht verstehen konnte, daß die Organisation, die er aufgebaut hatte, an einem einzigen Tag zerstört werden konnte. Salazar beobachtete den Mann, dem er einmal bedingungslose Gefolgschaft geschworen hatte und der mit seiner Entscheidung, Vargas' Tochter zu entführen, die LPC zugrunde gerichtet hatte. Alles schoß ihm in diesen Stunden, als sie über die Landstraße rasten, noch einmal durch den Kopf. Der Anfang und der Aufbau, die Kämpfe und Siege. ›Sollte das das Ende sein?‹ fragte er sich. ›Sollen unsere Ziele wirklich durch die maßlosen Pläne dieses Verrückten verraten werden?‹

Salazar überlegte fieberhaft. Es mußte einen Ausweg geben. Die beiden Männer in dem völlig verdreckten braunen Renault sahen nichts von der herrlichen Landschaft, durch die sie ihre Flucht führte. Nichts sahen sie von der wunderbaren Urwaldvegetation, den Bergen der Provinz Huila, nichts von den Schönheiten des Tals des Magdalenaflusses. Die rasende Fahrt kannte nur ein Ziel: Bogota.

Salazar wußte, daß Valdez nicht mehr imstande war, einen klaren Gedanken zu fassen. »Tot«, murmelte er vor sich hin und starrte auf die vor ihnen liegende Landstraße. »Orlandini, Beñalon, alle tot«, stammelte er. »Durch die Stirn geschossen«, er drehte Salazar das verzerrte Gesicht zu. »In die Stirn, verstehst du?« Salazar wußte, er mußte jetzt handeln, um sein eigenes Leben zu retten.

»Ich werde zum Präsidenten fahren«, sagte Valdez plötzlich, »ich werde ihm einen Waffenstillstand anbieten und mich für die Zeit der Verhandlungen in Schutzhaft begeben. Die Männer, die jetzt unterwegs sind, um unsere Männer zu ermorden, werden dann die Gejagten sein«, er lachte hysterisch. »Was sagst du dazu? Der Präsident hat uns doch Verhandlungen über einen Waffenstillstand angeboten. Wir nehmen jetzt dieses Angebot an.«

Salazar schwieg, denn er wußte, daß Widerspruch sinnlos gewesen wäre. Er fragte sich fieberhaft, wie er sich dieser bedrohlichen Situation entziehen konnte.

»Mag sein, daß dies keine schlechte Idee ist«, sagte er, um Zeit zu gewinnen.

Es war acht Uhr morgens, als sie das Dörfchen Gigante in der Tierra Caliente der Provinz Huila passierten. Hinter dem ausschließlich aus ärmlichen Hütten bestehenden Dörfchen führte sie die Straße in einem langgezogenen Bogen in Richtung Nordosten, genau auf die Provinzstadt Hobo zu.

»Ich werde dich hier verlassen«, sagte Salazar plötzlich. Valdez reagierte überhaupt nicht, sondern stierte verkrampft auf die gelbe, lehmbedeckte Straße.

»Halt an, ich steige aus!« sagte Salazar schärfer. Die rasende Fahrt ging weiter, Valdez reagierte nicht. Wie sollte er diesem Irren entkommen? Doch ganz unerwartet trat Valdez auf die Bremse.

Eine Staubwolke hinter sich hochwirbelnd, rutschte der Wagen mit blockierenden Rädern über die Landstraße. Valdez blickte nicht hinüber zu seinem Weggefährten, der ihn von allen am längsten begleitet hatte, als dieser »adios« sagte.

Salazar öffnete die Seitentür des Renault, um auszusteigen. Genau in der Sekunde, in der er Valdez den Rücken zuwandte, beugte er sich mit einer blitzschnellen Bewegung nach unten, griff zu dem an seiner rechten Wade steckenden Messer, zog es mit einem Ruck aus der ledernen Scheide und rammte es Salazar in den Rücken.

»Adios, traidor! Muerre en paz!« (»Leb wohl, Verräter, stirb in Frieden.«) brüllte Valdez seinem röchelnd zusammenbrechenden, ehemals treuestem Freund nach, als dieser aus dem Wagen kippte. Er ließ das Messer wieder in der Scheide verschwinden, schlug die Tür des Wagens zu und setzte die Flucht fort.

Es war kurz vor 9 Uhr, als Smith, Greenberg und Ohlson die Stelle passierten, an der Valdez Salazar erstochen hatte. Fast hätten sie den im hohen Gras neben der Straße liegenden Körper übersehen. Doch Smith schrie plötzlich: »Da liegt einer!«, und Greenberg stoppte den Wagen, legte den Rückwärtsgang ein und stieß zurück.

Die Sonne brannte bereits heiß an diesem Morgen, als die Männer sich um den Sterbenden versammelten. Sie knieten neben ihm nieder, leblose Augen blickten sie an. Nur die Lippen bewegten sich zitternd. Salazar bedeutete ihnen, daß er noch etwas mitteilen wollte.

Smith hielt sein Ohr direkt an Salazars Mund. Er konnte nichts verstehen. »Versuch du es«, sagte er zu Greenberg. Auch er beugte sich tief über den Sterbenden. »Ich kann nur vermuten«, sagte er nach einiger Zeit, »er sagt immer nur ›Präsident‹, ›Verhandlungen‹, so was in der Richtung.«

»Aber kann es sein«, sagte Smith, »daß Valdez auf dem Weg zu Verhandlungen mit dem Präsidenten ist? Eins ist wohl klar, er geht davon aus, daß wir noch mehr seiner Leute erwischen. Die Überlegung, jetzt möglicherweise einen Waffenstillstand zu erreichen, ist sicher nicht schlecht. Los, wir müssen weiter!«

Die Männer setzten sich wieder in den Jeep und jagten der Hauptstadt entgegen.

»Wenn wir Valdez nicht vor der Stadt erwischen und er bis zum Präsidenten vordringen kann, haben wir verloren«, meinte Smith resignierend, denn ihm war klar, daß Calderon die Gelegenheit nutzen würde, wieder einmal dem Volk seine rechtsstaatliche Einstellung zu demonstrieren.

»Wir müssen es schaffen«, stieß Ohlson hervor, »wir müssen es einfach schaffen.«

Smith war klar, daß sie mit diesem Wagen keine große Chance hatten, Valdez einzuholen. Wie aber sollte es weitergehen, wenn er den Präsidentenpalast erreichte? Was würde Vargas sagen, wenn er hören würde, daß der Anführer der Terrorbande ihnen durch die Lappen gegangen war? Würde er ihnen die versprochene Million zahlen? Diese Gedanken schossen Smith durch den Kopf. Die Befürchtung, daß alles umsonst gewesen war, beschlich ihn. Mit knappen Worten erklärte er den anderen die Zusammenhänge.

»Verdammt«, sagte Greenberg, »du hast recht, es war alles umsonst, wenn uns dieser Kerl durch die Lappen geht.«

Smith grübelte über der Karte. Bis nach Natagaima brauchten sie noch mindestens zweieinhalb Stunden. Vargas könnte von Dolores aus in einer knappen Stunde in Natagaima sein. Sie müßten ihn von Hobo aus benachrichtigen.

»Wir müssen ohnehin tanken«, sagte Greenberg, »dann können wir ihn anrufen.«

Eine knappe halbe Stunde später fuhren sie in der kleinen Provinzstadt auf den Hof der Tankstelle. Langsam schlurfte ihnen ein etwa 70 Jahre alter Mann entgegen, der offenbar der Besitzer der Tankstelle war. »Holá, como les va«, fistelte er, was soviel hieß wie »hallo, meine Herren, wie geht es Ihnen?« Aber Smith sagte nur knapp »Volltanken, abuelito, wo gibt's 'n Telefon?«

»Dentro de la cabina«, sagte der Alte freundlich.

Smith ging durch die scheppernde, schmutzige Glastür in die kleine Verkaufskabine, griff zu dem auf dem unaufgeräumten Schreibtisch stehenden Telefon und wählte Vargas' private Geheimnummer.

Es dauerte eine Weile, bis Diener Carlo abhob. »Es geht um Sekunden«, sagte Smith knapp. »Den Chef, bitte.« Einen Augenblick später war Vargas am Apparat.

»Wir brauchen Sie«, sagte Smith kurz, »können Sie in etwa einer Stunde an der Ortsausfahrt von Natagaima sein? Es ist sehr wichtig.«

»Ich bin um 10 Uhr an der Ortsausfahrt in Richtung Bogota«, bestätigte Vargas.

Sie verspäteten sich. Sie hatten nicht daran gedacht, daß es Zeit kosten würde, die Hauptstadt der Provinz Huila zu durchqueren. Neiva, eine Stadt mit über einhunderttausend Einwohnern, hatte keine Umgehungsstraße, so erreichten sie Natagaima erst gegen 11 Uhr vormittags. Schon von weitem sahen sie Vargas an der Straße stehen. Smith sah ihm, als sie näher kamen, an, wie unbehaglich er sich in dieser Situation fühlte.

Mit knirschenden Reifen stoppte der Jeep neben dem Wartenden. Smith stieg aus, begrüßte Vargas, den er noch nie in so übler Laune erlebt hatte, und kletterte dann auf den freien Rücksitz, um den Platz neben dem Fahrer für Vargas freizumachen. Greenberg setzte die Fahrt fort. In aller Ausführlichkeit stellte Smith dar, wie die Aktionen verlaufen waren. Er sah, wie Vargas Stimmung in zunehmendem Maße besser wurde. Als er seinen Bericht beendet hatte, wußte Smith, daß seine schlimmsten Befürchtungen nicht zutreffen würden. Vargas zeigte keinen besonderen Verdruß darüber, daß ihnen Valdez entwischt war. Schweigend saß er neben Greenberg und schaute auf die vor ihnen liegende Strecke. Fast schien es Smith, daß er es genoß, im Brennpunkt einer Aktion zu stehen.

»Ihr habt also fast alle erwischt?« fragte Vargas lächelnd. »Fahren Sie bitte etwas langsamer«, wandte er sich dann an Greenberg, der ihn erstaunt anschaute und fügte hinzu: »Wir kriegen ihn sowieso nicht mehr.«

»Aber was machen wir, wenn er den Präsidenten erreicht?« fragte Smith.

»Wir werden uns etwas einfallen lassen müssen«, sagte Vargas in einem Ton, so als wüßte er, daß Valdez in keinem Gefängnis dieser Welt vor ihm sicher sein konnte.

Valdez erreichte die Stadt um 7 Uhr abends. Der hektische Feierabendverkehr hatte eingesetzt. Übelriechend schoben sich die Autokolonnen durch die Stadt. Der Wohnsitz von Enrique Calderon lag an der zur Autopista del Norte führenden Ausfallstraße.

Erst eine Stunde, nachdem er im Süden in die Stadt hineingefahren war, gelang es ihm, zur Avenida Septima zu gelangen. In langsamer Fahrt passierte er gegen 20 Uhr 15 das schwerbewachte Anwesen des Präsidenten. Das etwa 2 Hektar große Areal war von einer über zwei Meter hohen, mit Stacheldraht versehenen Mauer umgeben. Vor der Einfahrt und an der Seitenfront standen jeweils Wachen. Ein unbemerktes Eindringen schien unmöglich.

In einer Entfernung von 1000 Metern parkte Valdez seinen Wagen und drang unbemerkt seitlich in das Gelände vor. Einige Bäume boten ihm noch Schutz, als er sich dem Haus des Präsidenten näherte. Etwa 500 Meter vor dem Gebäude gab es keinen Wald mehr, hier lag nur noch freies dunkles Feld zwischen ihm und der hell erleuchteten Mauer. Valdez warf sich auf den Boden und robbte auf die rückwärtige Mauer zu. Er sah eine Wache mit geschultertem Gewehr stehen. Die Scheinwerfer erleuchteten ihn wie eine Wachspuppe.

Erschöpft und nur mit größter Anstrengung näherte sich Valdez dem Mann. Nach einer Viertelstunde war er ihm bis auf wenige Meter nahe gekommen. Er zog das Messer aus dem Knöchelhalter, wartete, bis ihm die Wache den Rücken zuwandte, stand blitzschnell auf und rannte die wenigen Meter, die ihn noch von dem Mann trennten, auf ihn zu. Als der Wachmann die Schritte hörte und sich umdrehte, stach ihm Valdez die scharfe Klinge in den Leib. Mit einem gurgelnden Laut brach der Wachmann zusammen. Hastig schob Valdez das Messer zurück in die Scheide und hangelte sich an der hell erleuchteten rückwärtigen Mauer hoch. Er sprang auf die andere Seite in den Garten der Präsidentenvilla. Er hatte den Boden kaum berührt, als er hörte, wie mit wildem Gekläff ein Hund auf ihn zugerannt kam. Er konnte ihn in der Dunkelheit noch nicht sehen, doch wenige Sekunden später hatte sich ein riesiger Schäferhund in seinen linken Unterarm verbissen. Valdez zog verzweifelt abermals das Messer aus der Scheide und stieß es dem Hund in den Unterleib. Mit kurzem Jaulen ließ er von ihm ab.

Valdez rannte auf das Haus zu. Schüsse fielen, die Wachmannschaft war durch das Hundegebell auf ihn aufmerksam geworden. Er rannte um sein Leben.

Er riß die Smith & Wesson aus dem Halfter und feuerte das Magazin gegen das Schloß der verschlossenen Haustür, stemmte sich gegen das Holz und brach mit der aufspringenden Tür in das Haus ein. Er hatte es geschafft. Vom Boden aufschauend blickte er genau in den Lauf eines Gewehres.

»No me matas, no me matas, quiero hablar con el

presidente«, stammelte er blutüberströmt (bring mich nicht um, ich will mit dem Präsidenten sprechen.)

Der große schwarzgekleidete Diener blieb stumm und gab ihm mit dem Lauf des Gewehrs das Zeichen, aufzustehen. Er trieb ihn immer noch schweigend vor sich her, quer durch das Haus.

Und dann, wenige Sekunden später, sah er den Präsidenten. »Herr Präsident, dieser Mann möchte mit Ihnen reden«, meldete der Diener.

Enrique Calderon blickte die schmutzige, blutende Kreatur an und sagte: »Was könnte ich mit Ihnen zu besprechen haben?«

»Ich bin Henry Valdez«, brüllte der Eindringling. Calderon glaubte, sich verhört zu haben. »Der Anführer der LPC?« fragte er. Valdez nickte. »Bring ihn herein«, befahl Calderon. Der Diener führte den Taumelnden in den Salon.

Calderon ging mit gelassenem Schritt auf seine Frau zu, die mit einer Handarbeit unter der Lampe saß und erklärte, wer der nächtliche Besucher war und bat sie, den Raum zu verlassen. Zögernd und mit einem kurzen Blick auf Valdez ging sie hinaus.

Calderon ließ dem Verletzten einen Sessel in die Mitte des Raumes stellen. Er selbst blieb stehen. »Was haben Sie mir zu sagen?« fragte er. »Ich bin bereit, die Aktionen der LPC zu stoppen; wir akzeptieren, daß Ihre Regierung den ehrlichen Versuch gemacht hat, die sozialen Notstände zu bessern und sind nicht abgeneigt, einen gemeinsamen friedlichen Weg zu mehr Gerechtigkeit zu finden. Für mich selbst bitte ich für die Zeit der Verhandlungen um Schutzhaft.« Calderon blickte Valdez an, als traue er seinen Ohren nicht.

Nach einigem Nachdenken sagte er ruhig: »Warum muß immer erst Krieg herrschen, ehe ihr zu Verhandlungen bereit seid? Warum konnten wir dieses Gespräch nicht vor einem Jahr führen, viel wäre uns allen erspart geblieben.« Bitter setzte er hinzu: »Warum mußte meine Tochter sterben? Wofür? Warum?« Er schwieg einen Moment, dann sagte er ruhig: »Weißt du, daß ich dich am liebsten umbringen würde?«

Valdez blickte den Präsidenten mit leerem Blick an. Sollte er sich so geirrt haben?

»Ich habe mir tausendmal gewünscht, Gott möge mir Gelegenheit dazu geben. Er hat meine Gebete erhört. Aber ich werde es nicht tun.«

Valdez zeigte keine Erleichterung, fast schien es Calderon, als wenn es ihm egal gewesen wäre, wenn er ihn erschossen hätte.

»Nein, ich werde mir die Hände nicht an dir schmutzig machen«, fügte der Präsident hinzu. »Wie also soll es weitergehen?«

»Ich rufe meine Leute zusammen und erkläre ihnen, daß es zwischen der Regierung und uns einen Waffenstillstand gibt«, antwortete Valdez.

»Und du glaubst, daß dieses Abkommen auch noch gilt, wenn die Jagd auf euch vorbei ist?« fragte Calderon weiter.

»Ich denke, wir werden alle Zugeständnisse machen«, sagte Valdez.

»Du willst also jetzt nun in die Schutzhaft«, faßte Calderon zusammen. »Nun, dem soll nichts im Wege stehen.«

Valdez wußte genau, warum er dem Präsidenten verschwieg, daß seine Tochter noch lebte.

Er rechnete damit, sie als Faustpfand einsetzen zu können, wenn sich die Kämpfe gelegt hatten, um seine Freilassung zu erreichen. Noch einmal würde der Präsident seine Tochter nicht in Lebensgefahr bringen, lieber würde er abtreten. Und darauf baute Valdez seine Taktik auf.

Vargas und seine Männer erreichten die Villa des Präsidenten gegen 21 Uhr.

Schon von weitem bemerkten sie das große Aufgebot von Sicherheitskräften vor dem Anwesen. Mehrere Polizeifahrzeuge hatten die Straße gesperrt. Ein Cordon Hunderter Polizisten umringte das Gelände. Scheinwerfer beleuchteten die Szene. Rafael ließ Smith, der den Wagen steuerte, in einer Entfernung von einigen hundert Metern vom Haus halten.

»Ich werde mich ein wenig informieren, es wäre zu riskant, wenn Sie mit mir kämen«, sagte Smith an Vargas gewandt und stieg aus. Langsam ging er die Strecke hinunter, bis er auf eine Gruppe neugierig herumstehender Menschen traf. In gebrochenem Spanisch fragte er, was geschehen sei. Eine junge Frau erklärte ihm die Situation. Er kehrte zum Wagen zurück und berichtete, was er gehört hatte.

»Das gefällt mir nicht«, sagte Smith, »wir hätten sicherstellen müssen, daß Valdez in der Hütte war, als wir angriffen.«

»Hinterher ist man bekanntlich immer schlauer«, tröstete ihn Vargas. Smith hörte den Unterton und glaubte zu wissen, was er bedeutete. Er vermutete, daß Vargas jetzt erst wirklich in seiner Gewalt war. Besser konnte es nicht kommen. Während Smith seinen Unmut über den Mißerfolg der Aktion äußerte, saß Valdez im Salon des Präsidenten.

»Sie sind also einverstanden?« fragte er immer noch ungläubig den vor ihm sitzenden Calderon. »Sie nehmen mich in Schutzhaft?«

»Ja, ich bin einverstanden, es wird so gemacht, wie Sie es vorgeschlagen haben.«

Valdez lehnte sich erschöpft und erleichtert auf seinem Stuhl zurück. Für ein paar Sekunden schloß er die Augen. Er hatte es wieder einmal geschafft. Da öffnete sich die Seitentür, und die Frau des Präsidenten erschien. Langsam kam sie auf ihren Mann zu und strich ihm zärtlich übers Haar. »Habt ihr euch geeinigt?« fragte sie ruhig.

»Ja, die Dinge sind klar«, antwortete Calderon. »Ich denke, wir werden in den nächsten Monaten wenig Ärger mit der LPC haben.«

Seine Frau wandte sich Valdez zu, und in dem Augenblick, in dem sie »das glaube ich auch«, sagte, krachte ein Schuß. Die Kugel durchdrang Valdez' Stirn oberhalb der Nasenwurzel.

Mit weit aufgerissenen Augen blickte er seine Mörderin an. Mit der kleinen Pistole, die sie in einer Tasche ihres Kleides versteckt hatte, hatte die Frau des Präsidenten Henry Valdez erschossen.

Enrique Calderon war, als der Schuß fiel, erschrokken aufgesprungen und stand jetzt wie erstarrt vor seiner Frau. Er sah, wie Valdez langsam seitlich vom Stuhl rutschte und tot auf dem dicken, roten Teppich liegenblieb.

Sein Blick wanderte unsicher zwischen dem Toten und seiner Frau hin und her. Als würde sie seine Gedanken an die furchtbaren Konsequenzen dieser Tat erraten, sagte sie: »Ich habe ihn in Notwehr erschossen, wir haben die Waffe, mit der er uns bedroht hat, sichergestellt.«

Sie trat auf ihren Mann zu und verbarg ihr Gesicht an seiner Brust. »Ich mußte es tun, er hat unsere Tochter umbringen lassen«, flüsterte sie. Calderon schwieg eine Weile. »Immer wieder dieses Auge um Auge, Zahn um Zahn«, sagte er leise, »immer wieder Vergeltung und Rache. Wann wird das endlich aufhören?«

Die Bediensteten betraten den Raum. Calderon gewann seine Fassung wieder. »Wir mußten uns zur Wehr setzen«, sagte er laut, »er griff meine Frau an, es ließ sich nicht vermeiden.«

Die Nachricht vom Tode Henry Valdez' verbreitete sich schnell. In Notwehr, so hieß es, hatte der Präsident Henry Valdez den Anführer der Gruppe LPC, der zuvor gewaltsam in sein Haus eingedrungen war, seine Gattin und ihn bedroht hatte, erschossen.

»Hätte ich ihm nicht zugetraut«, kommentierte Vargas die Nachricht.

Für Smith und seine Leute gab es nichts mehr zu tun. Calderons Frau hatte ihnen die Arbeit abgenommen. Kurz nachdem sie die Nachricht erreicht hatte, brachen die Männer auf, um zur Hacienda zurückzukehren.

Der Tag nach dem Feuersturm war ruhig.

Still lag der herrliche Park um Vargas' Villa in der Morgensonne. Kein Windhauch bewegte die auf der weiten Rasenfläche stehenden Bäume. Die Orchideensträucher streckten ihre violett-weißen Blüten der aufgehenden Sonne entgegen. Nichts störte die friedliche Stille. John Smith stand am Fenster des im ersten Stock des Hauses gelegenen Zimmers und schaute hinunter auf das schöne Bild.

Müssen die Dinge eigentlich immer auf diese Weise gelöst werden? fragte er sich. Warum gibt es nur immer wieder Gründe dafür, sein Recht mit Gewalt durchzusetzen? Er fühlte sich erschöpft, war früh aus dem Schlaf hochgeschreckt. Er spürte, daß ihm die letzten Tage in den Gliedern steckten.

Doch was sollte man tun mit einem Gegner, der nicht vor Gewalt zurückschreckte?

Es blieb ihnen keine andere Wahl.

Smith dachte daran, daß er Vargas noch davon unterrichten mußte, daß er in der Villa bei Fuente de Oro eine Reihe von Gefangenen versammelt hatte. Er ging davon aus, daß das nicht in seinem Sinne war. Aber jetzt, nachdem die Aktion erfolgreich verlaufen war, würde es ihm gelingen, diese Eigenmächtigkeit zu erklären. Er wollte anregen, die Gefangenen über Mittelsmänner der Polizei zuzuspielen. Es schien ihm, das Vargas dazu bereit war, nachdem die wesentlichen Ziele der Operation erreicht waren.

Smith schaute hinüber zu Elena, die langsam erwachte. Mit halb geöffneten Augen sah sie Smith am Fenster stehen, streckte die Arme nach ihm aus. »Komm«, sagte sie leise. Er ging zu ihr hinüber und legte sich neben sie. Er wußte, daß sein Leben erst mit ihr begonnen hatte. Bald waren beide wieder eingeschlafen.

Die Tochter des Präsidenten wurde eine Woche nach den Kämpfen einer Polizeistation in Cali übergeben.

Die Freude über Carlas überraschende Rückkehr hatte die Frau des Präsidenten fast das Leben gekostet. Carlas Erscheinen an einem sonnigen Morgen verwirrte sie so sehr, daß sie zuerst glaubte, Halluzinationen zu haben. Es dauerte einige Zeit, bis sie die Fassung wiedererlangte. Carla erzählte, wie sie es geschafft hatte, aus dem Lager der LPC zu fliehen. Noch Wochen nach ihrer Rückkehr wollte ins Haus des Präsidenten keine Normalität einkehren. Carlas Rückkehr blieb das alles beherrschende Ereignis. Es gab nichts, was man ihr hätte abschlagen können. Und so war man auch einverstanden, daß Carla nach drei Wochen ihren Eltern einen Mann vorstellte, den sie, ihrem Bericht nach, kurz zuvor an der Universität von Bogota kennengelernt hatte. Es war ein Mann namens Frederico Cabeza.

Die Eltern glaubten genau zu wissen, wer er war, erwähnt wurde es nie. Calderon wußte, Mut und Aufrichtigkeit sind keine schlechten Eigenschaften für einen Mann, mit dem man in die Zukunft gehen wollte, auf welche Weise er das auch immer bewiesen hatte.

Der vernichtende Schlag gegen die LPC und das Auftauchen der Tochter des Präsidenten hatten nach Valdez' Tod wieder Unruhe ins Land gebracht. Welche Verbindungen bestanden zwischen den Angriffen auf die LPC, dem vom Präsidenten angeregten nationalen Dialog und der Amnestie, fragten sich die Bürger. War das Gesprächsangebot Calderons eine Falle? Der Präsident hatte Mühe, deutlich zu machen, daß nicht der Staat hinter dem Angriff auf die LPC gestanden hatte.

Doch wer dann? fragten sich viele.

Vargas hatte zwar dafür sorgen wollen, daß niemand von der von ihm eingesetzten Truppe erfuhr, doch ließ sich trotz aller Vorsicht diese Tatsache nicht lange verheimlichen. Die Leute munkelten von einer Söldnertruppe, die einer der großen Drogenhändler ins Land geholt hatte. Genaues wußte niemand, wollte niemand wissen. Das konnte gefährlich sein, und so ließ man es größtenteils bei Andeutungen.

Durch die von Calderon angebotenen Gespräche und die von ihm im Anschluß daran erlassene Amnestie änderte sich vorübergehend einiges. Sowohl die prokubanische ELN als auch die ELP, eine andere marxistisch-leninistische Gruppe, akzeptierten sein Angebot zur friedlichen Zusammenarbeit. Sabotageakte, Entführungen und Anschläge wurden in den Monaten, die auf die Amnestie folgten, seltener. Der Präsident machte in den mit den einzelnen Gruppen geführten Verhandlungen klar, daß er bereit sei, Forderungen der anderen Seite auf vielfältige Weise zu erfüllen. Allerdings wurde deutlich, daß nicht alle in der Regierung diesen Dialog für sinnvoll hielten. Viele gingen sogar so weit zu sagen, daß die Politik Calderons das Land immer tiefer ins Unglück führe.

Man behauptete, er sei naiv, wenn er glaube, das Land nach seinen Idealen regieren zu können.

Die gegen seine Politik gerichteten Strömungen wurden schnell immer stärker.

Plötzlich, zum Ende des Jahres 1985, flammten an vielen Stellen des Landes wieder Kämpfe auf. Terrorgruppen griffen Armeeeinheiten an, hieß es in einigen Meldungen. Diese kämpften gegen Terrorgruppen, hieß es in anderen. Es konnte nicht geklärt werden, wer wen zuerst angegriffen hatte. Hielten sich die Terroristen nicht an die getroffenen Vereinbarungen? In einem Brief vom 9. Dezember 1985 kündigte Arturo Chavatal, der Führer der ELN, den mit der Regierung geschlossenen Waffenstillstand auf.

In dem Maße, in dem die Kämpfe wieder an Heftigkeit gewannen, nahm die Kritik an Calderons Amnestie zu. Es hieß, die Gruppen hätten jetzt wieder einen normalen Zulauf und Zeit genug, sich neu zu organisieren, um den Kampf noch effektiver fortzusetzen.

Calderon fragte sich, wer für die erneute Unruhe verantwortlich war.

Er mußte hinnehmen, daß seine Gegner versuchten, die von ihm geplante Lösung zu untergraben. Er fragte sich, wer in seiner Umgebung nach Morans und Portillons Verhaftung ein so starkes Interesse daran hatte, ihm zu schaden. Er wußte, daß das Heer, wenn es tatsächlich, wie Chavatal behauptete, zuerst mit den Gefechten begonnen hatte, nur auf einen Befehl reagierte. Er konnte nicht glauben, daß Echeverri hinter diesen Aktionen steckte, beweisen ließ sich das schon gar nicht, schließlich hielten alle Militärs zusammen, da gab es für ihn keine Informationsquelle. Vargas mußte sich wohl oder übel damit abfinden, daß seine Strategie nicht zu den Ergebnissen führen konnte, die er sich erhofft hatte. Er hatte zu viele Gegner im eigenen Lager. Doch wer sie waren, wußte er nicht.

»Vergegenwärtigt man sich die Lage in unserem Land, den Hunger, die Armut, die Ungleichheit, bleibt die Frage, warum es immer wieder Kräfte geben muß, die zur friedlichen Koexistenz nicht fähig sind und im Namen der Gerechtigkeit immer weitere Ungerechtigkeiten begehen.« schrieb Calderon in einem Brief an Chavatal im Dezember 1985.

Und daran hat sich bis heute nichts geändert.